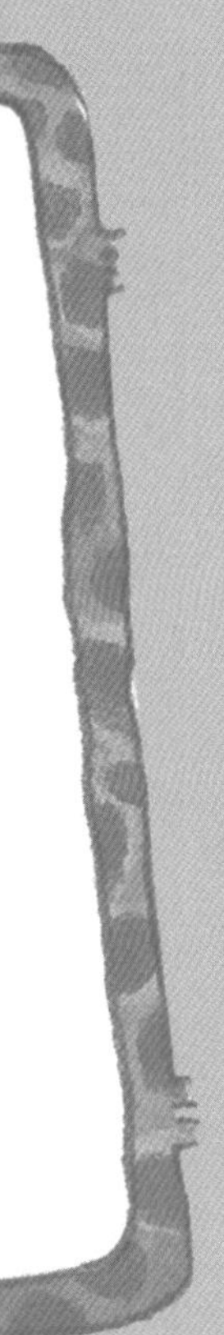

Rüdiger Bertram

Stinktier & Co

Gegen uns könnt ihr nicht anstinken

Mit Illustrationen
von Thorsten Saleina

cbj

Penguin Random House Verlagsgruppe
FSC® N001967

5. Auflage

Innenillustrationen: Thorsten Saleina
Einbandgestaltung: Geviert unter Verwendung
einer Zeichnung von Thorsten Saleina
AW · Herstellung: UK
Satz: Uhl + Massopust, Aalen
Druck: GGP Media GmbH, Pößneck
ISBN 978-3-570-17338-1
Printed in Germany

www.cbj-verlag.de
Dieses Buch ist auch als E-Book erhältlich.

Inhalt

1. Der Abend vor meinem großen Tag

Es ist genau 20:00 Uhr. Das weiß ich, weil neben meinem Bett ein Wecker steht. In genau vier Stunden werde ich zehn. Darauf freue ich mich schon so doll, dass ich gar nicht einschlafen kann. Klar, jeder freut sich auf seinen zehnten Geburtstag. Mit zehn ist man kein Kind mehr, sondern schon beinahe erwachsen. Da darf man Sachen, die man vorher nicht durfte. Abends länger aufbleiben zum Beispiel.

Es gibt aber noch einen anderen Grund, warum ich mich so wahnsinnig auf meinen Geburtstag freue, und zwar seit ziemlich genau einem halben Jahr. Da ist Jessica zehn geworden und hat beschlossen, dass in ihrer Clique nur noch Mädchen aufgenommen werden, die auch schon zehn sind. Das hat sie auf ihrer Geburtstagsfeier verkündet. Das weiß ich, weil Kati mir das erzählt hat. Ich war nämlich nicht eingeladen. Kati war auch nicht eingeladen, aber sie hat es von

Lili erfahren. Lili wohnt im selben Haus wie Kati und die beiden gehen manchmal zusammen zur Schule. Aber nur bis zum Tor, weil Lili dann da auf Jessica wartet und keine Zeit mehr für Kati hat. Lili ist auch schon zehn.

Wenn ich zehn bin, darf ich bestimmt auch bei Jessicas Clique mitmachen, und dann darf ich sicher zu ihrer Gartenparty in einer Woche. Dort soll auch getanzt werden und angeblich soll es sogar Cola geben, so viel man will. Jessicas Party wird mit Abstand das coolste Ereignis des Jahres.

Auf jeden Fall lade ich sie auch zu meiner Feier morgen ein. Mama und Papa haben versprochen, dass wir in einem Hochseilgarten klettern gehen. Das ist zwar nicht ganz so cool wie eine Party mit Tanzen und Cola, aber auch okay. Außer Jessica lade ich Lili und natürlich Kati ein. Kati spielt in meiner Basketballmannschaft und ist meine allerbeste Freundin, obwohl sie erst in einem Monat zehn wird. Die Ärmste.

Anna lade ich nicht ein, die mag ich nicht besonders. Die mag eigentlich niemand in der Schule, weil sie so gut wie nie ein Wort spricht. Sie ist immer ganz still, und wer will schon mit jemandem befreundet sein, der nie etwas sagt? Deswegen steht sie in der Pause auch alleine auf dem Schulhof rum. Genau wie Kati und ich. Aber das wird ab morgen alles

anders. Morgen bin ich zehn und darf bei Jessicas Clique mitmachen und zu ihrer Party kommen darf ich auch.

Jetzt ist es schon 20:15 Uhr und ich kann immer noch nicht einschlafen. Ich liege in meinem Bett und lausche auf die Geräusche im Haus. Mama und Papa gucken im Wohnzimmer Nachrichten. Was der Sprecher sagt, kann ich nicht verstehen. Unser Wohnzimmer liegt eine Treppe tiefer im Erdgeschoss und mein Zimmer im ersten Stock. Früher, als ich mir das Zimmer noch mit meiner Schwester Nora geteilt habe, war das ein riesiger Raum. Aber dann hat mein Vater eine Wand eingezogen, damit wir beide ein eigenes Zimmer haben. Die Wand ist so dünn, dass ich meine Schwester Nora nebenan am Computer skypen höre. Das macht sie abends immer mit ihren Freundinnen. Als wenn die sich nicht schon den ganzen Tag in der Schule sehen würden! Ich würde auch gerne mit Kati skypen, aber leider habe ich noch keinen eigenen Computer. Und Kati auch nicht. Wir haben noch nicht mal Handys. Ich habe mir eines zum Geburtstag gewünscht, aber ich glaube nicht, dass ich eines kriege.

»Willst du wirklich, dass wir immer wissen, wo du gerade steckst?«, hat mich Mama gestern gefragt, als ich wissen wollte, ob ich zum Geburtstag ein Handy bekomme oder nicht. »Das wäre ein Kinderspiel für uns, wenn du eines hättest.«

»Das ist mir völlig egal«, habe ich geantwortet. »Von mir aus könnt ihr immer wissen, wo ich bin.«

»Das sagst du jetzt«, hat Mama gesagt und mir ganz sanft übers Haar gestrichen, und da war eigentlich schon klar, dass ich kein Handy kriege.

Ich habe es dann noch bei Papa probiert. Den kriege ich meistens leichter rum als Mama, wenn ich etwas haben möchte. Aber Papa hat mir gar nicht richtig zugehört. Das ist bei ihm manchmal so. Dann wirkt er, als wenn er gerade irgendwo ganz anders wäre. Mama regt das immer fürchterlich auf, weil sie ihn dann zwei oder sogar drei Mal fragen muss, bevor sie eine Antwort erhält.

»Bekomme ich zum Geburtstag ein Handy?«, habe ich Papa gefragt.

Keine Antwort.

»Papa, kriege ich ein Handy?«

Keine Antwort.

»PAPA! Sag doch mal, schenkt ihr mir morgen ein Handy oder nicht?«

Da hat Papa mich angeguckt, als hätte er geschlafen und ich ihn gerade aufgeweckt. Dabei war es mitten am Tag, und er lag auch nicht im Bett, sondern stand am offenen Kühlschrank, um sich was zu trinken zu holen.

»Natürlich nicht«, hat er geantwortet und den Kühlschrank wieder zugemacht.

Mein Papa ist nicht verrückt oder so, nur manchmal irgendwie ein bisschen abwesend.

20:30 Uhr. Meine Schwester skypt immer noch und unten im Wohnzimmer läuft jetzt ein Film. Ich glaube, es ist ein Krimi, weil im Fernseher manchmal laute Schüsse knallen. Dann höre ich etwas anderes. Schritte auf der Treppe. Die klingen nach Papa. Mama tritt viel leichter auf. Sie ist ja auch nicht so schwer wie Papa.

Kurz darauf höre ich Papa nebenan mit meiner Schwester sprechen. Sie soll langsam mal aufhören zu skypen und schlafen gehen. Dann reden die beiden noch ein bisschen, aber ich kann nicht verstehen was, weil sie angefangen

haben zu flüstern. Papa und meine Schwester Nora verstehen sich prima und deswegen bin ich manchmal ein bisschen eifersüchtig auf sie. Aber vielleicht liegt das mit dem guten Verstehen nur daran, dass auch Nora ab und zu am helllichten Tag zu träumen scheint. Genau wie Papa.

»Na, wie geht es dir, Zora?«, fragt Papa, als er kurz darauf auch noch in mein Zimmer kommt. Meine Eltern fanden es eine lustige Idee, ihre Töchter Nora und Zora zu nennen. Ich finde das überhaupt nicht lustig, dass ich mir drei Buchstaben mit meiner Schwester teilen muss. Ich hätte lieber einen ganz eigenen Namen.

»Bist du aufgeregt?«

Ich nicke nur, weil er recht hat und ich wirklich ziemlich aufgeregt bin.

»Morgen wird sich einiges für dich ändern, meine Kleine«, sagt Papa und da hat er wieder recht.

»Stimmt, da kann ich endlich bei Jessicas Clique dabei sein«, erzähle ich. »Da darf nämlich nur mitmachen, wer schon zehn ist.«

Papa lacht, aber nur kurz. Dann ist er wieder ganz ernst und setzt sich auf mein Bett.

»Das meine ich nicht«, sagt er. »Ich meine etwas Größeres und Wichtigeres als Jessicas Clique.«

»Was denn?«, frage ich, weil ich keine Ahnung habe, was größer und wichtiger sein könnte als das.

»Das darf ich dir leider noch nicht sagen«, sagt Papa. »Es ist eine Überraschung.«

»Ein Handy?«, frage ich hoffnungsvoll.

Papa lacht wieder und schüttelt den Kopf.

»Nein, ganz sicher kein Handy«, sagt er.

»Nora hat aber auch schon eins«, sage ich.

»Nora ist auch vier Jahre älter als du.«

»Was ist es denn dann? Das ist gemein, mich so neugierig zu machen«, schimpfe ich. Jetzt kann ich bestimmt überhaupt nicht mehr einschlafen, weil ich die ganze Zeit darüber nachdenken muss, was für eine Überraschung das sein könnte.

Da fällt mir plötzlich ein alter Wunsch von mir ein. Den hatte ich schon fast vergessen, weil es so aussichtslos war, sich einen Hund zu wünschen. Das habe ich die letzten fünf Jahre gemacht, und zwar jeweils zu meinem Geburtstag und zu Weihnachten. Aber meine Eltern haben immer nur gesagt:

»Wir haben nicht genug Platz!«

»Und wer kümmert sich im Urlaub um das Tier?«

»Ein Hund in der Stadt ist Tierquälerei.«

»Du gehst doch sowieso nicht mit ihm Gassi. Das müssen dann wieder wir machen.«

Sie hatten auch noch Tausend andere Gründe gegen einen Hund, die ich schon wieder vergessen habe.

»Kriege ich einen Hund?«, frage ich Papa, und dabei spüre ich, wie ich plötzlich ganz kribbelig werde, weil mein Wunsch jetzt vielleicht doch noch in Erfüllung geht. Obwohl ich damit überhaupt nicht mehr gerechnet hatte.

Papa muss schon wieder lachen, und das regt mich furchtbar auf, weil ich nicht weiß, was daran so lustig sein soll.

Papa sieht, dass ich mich ärgere, weil sich dann immer eine tiefe Falte in meinem Gesicht bildet. Genau zwischen meinen Augen. Er hört auf zu lachen und lächelt mich an.

»Warm«, sagt er.

»Eine Katze?«, frage ich.

»Auch warm.«

»Ein Meerschweinchen?«

»Wärmer.«

»Einen Hamster?«

»Pass auf, du verbrennst dich gleich.«

»Einen Wellensittich?« Mittlerweile ist es mir schon fast egal, was für ein Haustier ich bekomme. Hauptsache, ich bekomme überhaupt eines.

»Ich kriege doch keine Fische, oder?«, frage ich, weil so ganz egal ist es mir dann doch nicht. Fische sind blöd, mit denen kann man nicht kuscheln. Katis großer Bruder hat ein Aquarium in seinem Zimmer. Wenn er nicht da ist, setzen Kati und ich uns manchmal davor und schauen den Fischen zu. Aber nach ein paar Minuten wird das langweilig, weil die Fische nicht viel mehr machen, als herumzupaddeln und ins Wasser zu kacken.

»Bitte sag, dass es keine Fische sind«, flehe ich Papa an.

»Das ist eher unwahrscheinlich, zumindest habe ich noch von keinen gehört. Das wäre auch sehr unpraktisch«, antwortet Papa geheimnisvoll.

»Wieso denn unpraktisch?«, frage ich.

Aber anstatt mir zu antworten, gibt Papa mir nur einen Kuss auf die Stirn.

»Ich habe schon viel mehr verraten, als ich eigentlich wollte.« Papa steht auf und geht zur Tür. »Schlaf jetzt, das wird ein aufregender Tag morgen, meine Große.«

»Meine Große« hat er mich noch nie genannt. Das sagt er sonst immer nur zu Nora.

»Wie soll ich denn schlafen, wenn du mich so neugierig machst!«, rufe ich ihm nach. »Komm sofort zurück!«

Aber Papa kommt nicht zurück. Das weiß ich, weil ich kurz darauf seine Schritte auf der Treppe höre. Entweder will er mir nicht antworten oder er ist mit seinen Gedanken schon wieder an einem ganz anderen Ort und hat mich einfach nicht gehört.

20:45 Uhr. Nora hat ihren Computer ausgeschaltet und wahrscheinlich liest sie noch. Das macht sie jeden Abend. Ich könnte auch noch ein bisschen lesen. Aber ich glaube nicht, dass ich mich jetzt auf ein Buch konzentrieren kann. Nach Papas Besuch bin ich noch aufgeregter als vorher, weil es doch jetzt tatsächlich sein könnte, dass ich morgen ein Haustier zum Geburtstag bekomme. Ganz sicher keinen Hund, aber vielleicht ein Meerschweinchen oder einen Hamster. Irgendetwas Weiches und Knuddeliges, mit dem man kuscheln kann. Das ist eigentlich sogar noch besser als ein Handy.

Ich hatte mich ja vorher schon ganz doll auf meinen Geburtstag gefreut, wegen Jessicas Clique. Jetzt aber freue ich mich noch doller.

Leise klopfe ich an die dünne Wand zu Noras Zimmer.

»Was ist?«, fragt Nora. »Warum schläfst du noch nicht?«

»Ich bekomme morgen vielleicht ein Haustier«, sage ich so laut, dass nur Nora das hören kann, Mama und Papa im Wohnzimmer aber nicht.

»Ich weiß«, antwortet Nora in ihrem Zimmer.

»Du weißt das?«, rufe ich und halte mir direkt den Mund zu, weil das vielleicht zu laut war. Aber von unten ist nur der Krimi zu hören und Mama und Papa, die sich unterhalten.

»Klar doch«, erwidert Nora, und ich kann hören, wie sie es genießt, dass sie etwas weiß, was ich nicht weiß.

»Was denn für ein Tier?«, hake ich nach, obwohl ich mir ziemlich sicher bin, dass sie es mir nicht verraten wird.

Tut sie auch nicht. Nora sagt einfach nur: »Von mir erfährst du kein Wort, und jetzt schlaf endlich, morgen ist dein Geburtstag. Gute Nacht!«

Als ich das letzte Mal auf meinen Wecker schaue, ist es 22:30 Uhr. Irgendwann danach schlafe ich ein.

2. Ein Stinktier namens Dieter

»Lass das, Wölkchen!«, murmele ich verschlafen, weil mir irgendwer am Morgen seine nasse Nase ins Gesicht drückt.

Bis gerade eben hatte ich noch geträumt, dass ich tatsächlich ein Tier zum Geburtstag kriege. Aber keinen Hund und auch kein Meerschweinchen. Etwas viel Besseres: ein richtiges Pferd, das Wölkchen heißt und so schön und so süß ist, dass ich es gar nicht beschreiben kann. Und in meinem Traum hat Wölkchen gerade seinen Kopf zum Kuscheln an meinen gedrückt. Deswegen hat mich die nasse Nase auch gar nicht überrascht. Das tut sie erst jetzt.

Der Traum und Wölkchen sind nämlich weg, die nasse Schnauze ist aber noch da. Ich bin so glücklich wie noch nie in meinem ganzen Leben. Die Schnauze muss dem Tier gehören, das ich zum Geburtstag bekomme. Ich lasse meine Augen weiter geschlossen, weil ich die Spannung noch ein bisschen herauszögern möchte.

Ob es ein Meerschweinchen ist oder ein Hamster?

Nein, dazu ist die Nase zu groß.

Ein Fisch ist es aber ganz sicher auch nicht, der wäre ja noch nasser gewesen.

Vielleicht ist es ja doch ein niedlicher Hund oder wenigstens eine putzige Katze, die auf meiner Bettdecke sitzt und mich geweckt hat. Mit geschlossenen Augen streichele ich über das wunderbar weiche Fell. Es ist so kuschelig, dass ich am liebsten mein ganzes Gesicht darin vergraben würde, auch wenn das Fell ein bisschen muffelt.

Langsam, ganz langsam öffne ich meine Lider. Sofort mache ich sie wieder zu. Das kann nämlich gar nicht sein, was ich da gerade gesehen habe. Ich kneife mich in den Arm, um zu prüfen, ob ich nicht vielleicht doch noch schlafe und das Ganze nur träume.

Aua! Offensichtlich träume ich nicht.

Ich zähle leise bis zehn, dann wage ich es ein zweites Mal, meine Augen zu öffnen.

»Das wird aber auch Zeit, du Faulpelz! Ich bin schon seit Stunden wach und habe einen Mordshunger. Aufwachen! Sofort aufwachen, du Langschläferin!«

Ich mache meine Augen schnell wieder zu, während die fremde Stimme immer lauter »Aufwachen! Aufwachen! Aufwachen!« brüllt.

Das Ganze muss ein schrecklicher Albtraum sein. Um ihn zu beenden, kneife ich mich noch einmal. Diesmal kräftiger als vorhin.

»AUA!«, brülle ich, weil das Kneifen jetzt so richtig wehgetan hat.

»Pah! Das war doch gar nichts«, ertönt die fremde Stimme. »Soll ich dich mal beißen? Das tut weh, das kann ich dir sagen. Danach weißt du genau, dass das hier kein Traum ist.«

Ich öffne meine Augen einen winzigen Schlitz breit und sehe, wie das schwarz-weiß gestreifte Stinktier, das da mitten auf meiner Bettdecke sitzt, seine spitzen kleinen Zähne bleckt. Sie sind gelb und sehen ziemlich scharf aus.

»Nein, danke«, murmele ich leise.

»Schade«, grunzt das Stinktier. »Mein Name ist übrigens Dieter und ab heute gehören wir beide zusammen, so wie Brot und Butter, wie Zimt und Zucker, wie Erdbeerkuchen und Schlagsahne. Und jetzt füttere mich endlich, ich habe Hunger!«

»Aber ich bin es doch, die heute Geburtstag hat«, sage ich leise. Bei uns in der Familie ist das nämlich so, dass man an diesem Tag sein Frühstück ans Bett gebracht kriegt und nicht anderen etwas zu essen holen muss.

»Deswegen bin ich ja hier«, sagt Dieter das Stinktier. »Ich bin dein Geburtstagsgeschenk!«

Ich sage nichts, sondern starre Dieter einfach nur an. Bisher kannte ich Stinktiere nur aus Büchern. Da sehen die immer ganz schlank aus. Das Stinktier auf meinem Bauch aber ist ziemlich schwer. Das spüre ich auch, weil ich sein Gewicht durch die Bettdecke fühlen kann.

»Hey, ein bisschen mehr Begeisterung, wenn ich bitten darf! Ich bin ab heute dein ständiger Begleiter, dein guter Berater, dein bester Freund, dein Ein und Alles, dein …«

10

In diesem Augenblick geht die Tür auf und Papa kommt mit einem Frühstückstablett herein. Auf dem Tablett ist ein Kuchen mit zehn Kerzen drauf. Aber das sehe ich gar nicht. Ich sehe nur den riesigen Eisbären, der neben Papa in der Tür steht. Der Bär hat ein strahlend weißes Fell und wunderschöne blaue Augen. Papa bleibt in der Tür stehen und starrt das Stinktier an.

»Na endlich, da kommt ja mein Frühstück! Das wurde aber auch höchste Zeit. Stellen Sie es einfach hier auf dem Bett ab, ich bediene mich dann selber«, sagt Dieter und winkt Papa mit seiner rechten Vorderpfote zu sich, als wäre mein Vater ein Kellner.

»Wer ist das?«, brummt der Eisbär neben Papa.

»Genau dasselbe wollte ich auch gerade fragen«, sagt Papa.

»Dieter, einfach nur Dieter«, erwidert Dieter. »Na los, lassen Sie schon das Tablett rüberwachsen, aber ein bisschen dalli. Ich habe Hunger.«

»Das ist der durchgeknallteste Traum, den ich jemals geträumt habe«, stammele ich, während meine Blicke zwischen Dieter und dem Eisbären wie ein Flummi hin- und hertitschen.

»Aua!«, schreie ich auf, weil Dieter mich in den Arm gebissen hat. »Was soll das?«

»Gern geschehen! Ich hoffe, du kapierst jetzt endlich, dass das kein Traum ist«, sagt Dieter zu mir, dann wendet er sich wieder meinem Vater zu. »Sagen Sie es ihr! Na los, machen Sie schon, damit ich endlich frühstücken kann.«

»Am besten, du kommst mal kurz raus auf den Flur«, sagt Papa. »Ich glaube, ich muss dir was erklären.«

Ich klettere schnell aus dem Bett und laufe zu Papa. Dabei versuche ich dem Eisbären nicht zu nahe zu kommen, obwohl der eigentlich ganz lieb aussieht. Ganz anders als das Stinktier auf meinem Kopfkissen.

Papa stellt das Tablett mit meinem Kuchen auf dem Bett ab und tätschelt dem Eisbären liebevoll den Kopf.

»Sei so gut, Lasse, und pass auf, dass das Stinktier keinen Unsinn macht, solange ich mit Zora draußen bin.«

»Ich habe auch einen Namen! Ich heiße Dieter! Also nennen Sie mich gefälligst auch so!«, ruft Dieter Papa zu, dann dreht er dem Eisbären den Hintern zu und faucht. »Wenn du mir zu nahe kommst, zeige ich dir, warum Stinktiere Stinktiere heißen.«

Ich höre den Eisbären stöhnen, als ich mich an der Tür an ihm vorbeidränge, um mit Papa nach draußen zu gehen. Dann höre ich noch etwas. Ein lautes und sehr unappetitliches Schmatzen. Als ich mich umdrehe, sehe ich, wie sich das Stinktier über meinen Geburtstagskuchen mitsamt den

Kerzen hermacht. Dann schließt Papa auch schon die Tür hinter mir und ich stehe mit ihm auf dem Flur.

»Okay, Zora, ich glaube, es ist höchste Zeit für ein paar Erklärungen«, sagt Papa.

»Was denn für Erklärungen?«, rufe ich. »Und wo kommt plötzlich dieses Stinktier her, und wer ist dieser Eisbär, den du Lasse nennst, und überhaupt, wo ist eigentlich Mama?«

»Fangen wir mit der letzten Frage an, die ist am leichtesten zu beantworten«, sagt Papa. »Mama musste heute schon ganz früh zur Arbeit und wollte dich nicht wecken. Ich soll dir einen Kuss von ihr geben und ausrichten, dass sie dir heute Nachmittag gratuliert. Das war der leichte Teil.«

»Und was ist mit dem schweren Teil?«, frage ich.

»Ich hatte ja gestern Abend schon versucht, dich darauf vorzubereiten. Das ist nämlich so: Es gibt Menschen, ganz besondere Menschen, Menschen wie du und ich, die haben Tiere als Begleiter, die sich am zehnten Geburtstag ihres Menschen zu erkennen geben und ihm von da an nie mehr von der Seite weichen.«

Ich lache, weil ich das nicht glaube. Das ist völlig unmöglich.

»Lasse kam auch zu mir, als ich zehn war. Und Nora hat seit vier Jahren ein Zebra, das auf den Namen Mathilde hört«, erklärt Papa weiter.

Ich höre auf zu lachen.

»Aber wieso habe ich die denn vorher nie gesehen?«

»Nur Menschen mit Begleitern können andere Begleiter sehen, für alle anderen sind sie unsichtbar«, erklärt Papa.

»Und was ist mit Mama?«

»Sie hat keine Ahnung. Die Gabe haben Nora und du von mir geerbt und ich habe sie von Oma.«

»Was hat Oma denn für ein Tier?«, frage ich leise.

»Eine Giraffe«, sagt Papa. »Deswegen ist sie auch immer so gerne an der frischen Luft. Im Haus ist es für Gertrud viel zu eng.«

»Wer ist Gertrud?«

»Na, Omas Giraffe natürlich.«

»Sind das so was wie Totemtiere?« Davon habe ich mal in einem Buch über die amerikanischen Ureinwohner gelesen. Die glauben fest daran, dass jeder Mensch ein Tier besitzt, das ihn begleitet und beschützt.

»So etwas Ähnliches«, antwortet Papa.

»Aber ich dachte immer, das wären coole Tiere. Bären, Löwen oder Wölfe. Und ich dachte, die wären nett und freundlich. Nicht wie dieses verfressene Stinktier, das gerade meinen Geburtstagskuchen futtert.«

Papa kratzt sich am Kinn, das macht er immer, wenn er nicht genau weiß, was er sagen soll.

»Ich befürchte, da hast du einfach riesengroßes Pech gehabt«, sagt Papa. »Ich habe vorher jedenfalls noch nie von einem Stinktier als Begleiter gehört. Eine Hyäne, ja, aber ein Stinktier? Nein, das ist mir neu.«

»Ich will aber kein Stinktier! Ich will überhaupt keinen Begleiter!« Ich spüre, dass ich ganz knapp davor bin, zu heulen.

»Tut mir leid, Kleines«, sagt mein Vater und nimmt mich in den Arm. »Das kann man sich nicht aussuchen. Da wo du bist, wird auch Dieter sein.«

»Immer?«, frage ich mit Tränen in der Stimme.

»Immer, und zwar genau im Umkreis von fünf Metern«, erklärt Papa. »Besser, ihr vertragt euch.«

»Was ist denn hier draußen los?« Meine Schwester Nora kommt im Nachthemd auf den Flur geschlurft. »Oh, Zora! Alles Gute zum Geburtstag!«

Hinter Nora steht ein Zebra im Türrahmen und sagt: »Auch von mir alles Gute.«

»Hat sie es schon?«, fragt Nora meinen Vater. »Was ist es? Ein Einhorn? Eine Gazelle? Oder sogar ein Tiger?«

»Kalt«, sagt Papa. »Es heißt Dieter und ist mit Lasse in Zoras Zimmer.«

»Jetzt macht es doch nicht so spannend«, lässt meine Schwester nicht locker. »Was ist es?«

»Ein Stinktier«, murmele ich leise.

Nora und auch Mathilde fangen an zu lachen.

»Wisst ihr, was ich gerade verstanden habe?«, sagt Nora. »Ein Stinktier!«

»Ich auch«, wiehert das Zebra. Die beiden scheinen sich ganz wunderbar zu verstehen und können sich gar nicht mehr einkriegen vor Lachen, während ich immer wütender werde, weil es so ungerecht ist, dass Nora ein wunderschönes Zebra hat und ich Dieter.

»Es ist wirklich ein Stinktier«, sagt Papa.

Endlich hören Nora und ihr Zebra auf zu lachen.

»Na ja, so schlecht ist ein Stinktier nun auch wieder nicht«, sagt Nora. »Das hat wenigstens nicht jeder. Ich finde, da hast du ganz schön Glück gehabt.«

Mathilde muss kichern, als Nora das sagt. Dabei habe sogar ich gemerkt, dass sie das mit dem Glückgehabt nicht wirklich ernst meint, sondern mich damit nur trösten will.

»Darf ich es mal sehen?«, fragt Nora. »Ich habe noch nie ein Stinktier gesehen. Noch nicht mal im Zoo.«

»Zora muss sich sowieso umziehen«, sagt Papa und schaut auf die Uhr. »Und du auch! Ihr vier habt gleich Schule.«

»Wieso vier?«, frage ich.

»Na, du und ich und Mathilde und das Stinktier«, erklärt Nora.

»Kommt das Stinktier etwa mit?«, frage ich entsetzt, weil ich mir die Gesichter der anderen vorstelle, wenn ich mit Dieter auf dem Schulhof auftauche.

»Das kommt ab jetzt überall mit«, sagt Papa.

»Aber es kann ja keiner sehen«, versucht Nora mich zu beruhigen.

»Außer natürlich denen, die selber einen Begleiter haben«, bemerkt das Zebra. »Und jetzt mach bitte, bitte endlich die Tür auf. Ich möchte das Stinktier nämlich auch zu gerne sehen.«

Weil ich mich nicht traue, öffnet Papa die Tür für mich. In meinem Zimmer stinkt es ganz fürchterlich nach … Es gibt nichts, womit ich diesen ekelhaften Geruch vergleichen könnte. Verglichen damit riecht sogar unser Schulklo wie ein Parfümgeschäft.

Der Eisbär hockt in einer Ecke meines Zimmers und hält sich mit seiner rechten Vordertatze die Nase zu. Dieter scheint der Gestank nicht zu stören. Er sitzt immer noch auf meinem Bett und verschlingt gerade die letzten Reste meiner Geburtstagstorte.

Papa, Nora und ich machen es wie Lasse und halten uns auch die Nase zu. Nur bei Mathilde klappt das nicht so gut wegen ihrer Hufe.

»Was guckt ihr mich so an?«, fragt Dieter. »Ich hatte den dicken Bär gewarnt. Aber er wollte ja unbedingt auch was von dem Kuchen abhaben. Selber schuld, dass es hier jetzt ein bisschen streng riecht. Obwohl, mich stört das ja nicht. Ich rieche das eigentlich ganz gerne.«

Nora legt mir ihren freien Arm um die Schulter und Papa legt mir seine Hand auf den Kopf. Sogar Mathilde stupst mich sanft mit ihrer Schnauze in die Seite, und auch Lasse lächelt mir aufmunternd zwischen seiner Tatze zu, die er sich immer noch auf die Nase presst. Ich glaube, die vier wollen mich trösten, und das habe ich dringend nötig, weil Dieter gerade sehr laut und sehr lang gerülpst hat.

3. Meine gemeine große Schwester

Seit den Sommerferien gehen Nora und ich auf dieselbe Schule. Normalerweise darf ich sie auf dem Schulweg nicht begleiten, weil ihr das peinlich ist. Sie will nicht mit ihrer kleinen Schwester gesehen werden, und wenn ich die größere von uns beiden wäre, würde ich das auch nicht wollen.

Heute ist das anders. Erstens habe ich mir das von ihr zum Geburtstag gewünscht und zweitens stehe ich immer noch unter Schock wegen Dieter. Da hätte ich den Weg alleine gar nicht gehen können. Vor lauter Aufregung habe ich zu Hause sogar vergessen, meine Geschenke auszupacken. Aber das ist nicht so schlimm. Die laufen mir ja nicht weg, die sind heute Nachmittag immer noch da.

Mathilde trabt rechts neben Nora und Dieter läuft ein kleines Stück hinter mir. Dabei reckt er seinen schwarzweiß gestreiften Schwanz in die Höhe. Das sieht ziemlich eingebildet aus, finde ich. Um ihn abzuhängen, versuche ich extra lange Schritte zu machen. Doch obwohl er so kurze Beine hat, kann er mühelos Anschluss halten. Sogar als ich einmal anfange, so schnell ich kann bis zur nächsten Straßenecke zu rennen.

»Vergiss es, du wirst ihn nicht los«, sagt Nora, als sie und Mathilde mich wieder eingeholt haben.

»Und wenn ich ihn irgendwo einschließe und den Schlüssel wegschmeiße?«

»Habe ich auch mal versucht, als ich mit Mathilde Streit hatte«, erklärt Nora. »Wenn du dich mehr als fünf Meter von ihnen entfernst, kommst du nicht mehr weiter. Es ist, als ob du gegen eine unsichtbare Wand laufen würdest. Das Stinktier gehört ab jetzt zu dir, besser, du gewöhnst dich daran.«

»Du hast leicht reden«, antworte ich. »Du hast ja auch ein Zebra und kein Stinktier so wie ich.«

»Und? Was gibt es an Stinktieren auszusetzen? Das sind sehr schöne und edle Tiere«, meldet sich Dieter. »Die schönsten und edelsten überhaupt, das ist wissenschaftlich erwiesen!«

Noch bevor ich antworten kann, gibt Nora mir ein Zeichen, dass es besser ist, Dieter gar nicht zu beachten.

Wahrscheinlich hat sie recht. Ich werde ihn einfach ignorieren und so tun, als wenn er überhaupt nicht da wäre. Ich habe jetzt sowieso keine Zeit für Dieter, weil ich so viele Fragen an Nora habe.

»Und die kann echt keiner sehen außer uns?«, will ich wissen.

Die Menschen, denen wir begegnen, gucken nämlich gar nicht. Und das täten sie ja bestimmt, wenn sie das Zebra und das Stinktier auf dem Bürgersteig sehen könnten.

»Nur die Leute, die selber einen Begleiter haben. Hat Papa doch schon gesagt.«

»Und hören?«

»Das ist genau wie beim Sehen.«

»Und riechen?«

»Keine Ahnung.«

»Gibt es viele Menschen, die so ein Tier neben sich herlaufen haben?«

»Ein paar.«

»Auch an unserer Schule?«

»Da auch.«

»Wer denn alles? Sag doch mal.«

»Das wirst du schon sehen, wenn wir da sind.«

»Kennst du jemanden, der auch ein Stinktier hat?«

»Nein.«

»Hat denn wirklich kein anderer so ein doofes Tier wie ich?«

»Hey, jetzt werde mal bloß nicht frech«, beschwert sich Dieter hinter mir. »Ich bin kein doofes Tier!«

»Doch, bist du«, mischt sich Mathilde ein. Dabei hat sie so einen hochnäsigen Ton in der Stimme, der mir vorher noch gar nicht aufgefallen war und der mich fast dazu bringt, Dieter zu verteidigen. Aber nur fast.

Nora sagt gar nichts mehr. Die hält die ganze Zeit Ausschau nach Louis. Deswegen ist sie auch so wortkarg. Louis wohnt hier in der Straße, und wenn sie Glück hat, kommt er gleich aus der Haustür, um auch zur Schule zu gehen. Nora ist in Louis verknallt. Das weiß ich, weil ich mal mit ihrem Handy spielen durfte. Da bin ich ganz zufällig auf ihrer WhatsApp-Seite gelandet. Das war echt keine Absicht, aber da habe ich gelesen, dass sie Louis süß findet. Das hatte sie einer Freundin geschrieben. Aber bevor ich weiterlesen konnte, was sie an diesem Louis so süß findet, hatte Nora mir ihr Handy aus der Hand gerissen. Dabei hätte ich das schon gerne gewusst. Ich finde Jungs nämlich überhaupt nicht süß, sondern blöd. Und zwar alle. Genauso blöd wie Stinktiere.

Nora wartet vergeblich auf Louis. Vielleicht hat er später Schule oder er ist krank. Er lässt sich jedenfalls nicht blicken. Doch das führt leider auch nicht dazu, dass Nora gesprächiger wird. Im Gegenteil. Sie zieht ihr Handy aus der Tasche und beginnt, irgendwelche Nachrichten an ihre Freundinnen zu schicken. Wahrscheinlich gibt sie eine Suchmeldung nach Louis raus.

Mathilde und Dieter streiten sich immer noch. Ich höre nicht hin, weil ich gerade den ersten Menschen mit einem Begleiter entdeckt habe. Also, außer Nora und Papa natürlich.

Auf der gegenüberliegenden Straßenseite wartet ein Mann an einer Haltestelle. Direkt neben ihm steht ein Elefant. Es ist ein afrikanischer Elefant, das weiß ich, weil er riesige Ohren hat. Indische Elefanten haben nur ganz kleine Ohren, und das kann man sich gut merken, weil Afrika ja auch viel größer ist als Indien. Der Elefant steht neben dem Mann und grüßt mich, indem er seinen Rüssel schwenkt. Vielleicht aber grüßt er auch nur Mathilde und Dieter. Der Mann, zu dem der Elefant gehört, grüßt nicht. Der liest in einer Zeitung. Ich bleibe stehen und starre den Elefanten an.

»Was ist denn los?«, fragt Nora.

»Da drüben steht ein Elefant«, sage ich und zeige auf die Bushaltestelle.

»Der steht da jeden Morgen«, antwortet Nora, ohne von ihrem Handy aufzublicken. »Und jetzt beeil dich, sonst kommen wir zu spät.«

Aber das tue ich nicht, weil gerade der Bus kommt und ich wissen will, ob der Elefant da reinpasst oder nicht. Als der Bus hält, faltet der Mann seine Zeitung zusammen und steigt ein. Der Elefant nicht. Der wartet einfach, bis der Bus wieder losfährt, und läuft dann hinterher.

Das hätte ich mir auch denken können. Der Bus war ja schon voll, da hätte der riesige Elefant gar nicht mehr reingepasst.

»Wo waren eigentlich Lasse und Mathilde, als wir letztes Jahr nach Spanien geflogen sind?«, frage ich Nora.

»Im Flieger natürlich«, erwidert Nora. »Oder meinst du, die sind selber geflogen? Du fragst wegen des Elefanten, oder?«

Ich nicke nur, weil das alles so schrecklich verwirrend ist und ich erst langsam anfange, ein paar Sachen zu verstehen.

»Der Elefant läuft dem Bus nur hinterher, weil er abnehmen will«, erklärt mir Nora. »Der hätte auch einsteigen können, das hätte keiner von den anderen Fahrgästen gemerkt.«

»Und wenn er ihnen auf die Füße getreten wäre?«, frage ich. »Hätte das dann auch keiner gespürt?«

»Nur Menschen, die selber Begleiter haben«, antwortet Nora.

Ich strecke meine Hand aus und streichele über Mathildes Fell. Ich kann es tatsächlich fühlen, und es ist gar nicht so weich und flauschig, wie ich erwartet hatte. Es fühlt sich eher drahtig und hart an. Dieters Fell ist viel kuscheliger.

»Sind das so eine Art Gespenster?«, frage ich.

Nora überlegt einen Moment, bevor sie antwortet.

»Kann man so sagen«, sagt Nora schließlich und starrt gleich darauf wieder auf ihr Handy.

»Hui! Hui! Hui!«, brüllt Dieter plötzlich und springt mir von hinten auf den Rücken. »Ich bin ein Gespenst!«

Erschrocken zucke ich zusammen und schlage dabei Nora

das Handy aus der Hand. Das Telefon fliegt in hohem Bogen durch die Luft, bevor es scheppernd auf dem Boden landet, ein paar Meter über den Bürgersteig schliddert und dann für einen Moment an der Bordsteinkante hängen bleibt. Nora springt sofort hinterher, kommt aber leider zu spät. Das Handy rutscht über die Kante und verschwindet durch das Gitter eines Gullydeckels in den Tiefen der Kanalisation.

»Hui! Hui! Hui! Ich bin ein Gespenst«, wiederholt Dieter und schaut mich und Nora an, als wäre das ein richtig guter Witz. Er sieht sogar ein bisschen beleidigt aus, weil keiner von uns lacht.

»Was hast du dir dabei gedacht!«, brüllt Nora mich an.

»Das war ich doch gar nicht!«, brülle ich zurück und zeige auf Dieter. »Das war der da!«

»Wenn man etwas angestellt hat, sollte man dafür auch geradestehen«, faucht das Stinktier zurück.

»Das sage ich doch!«, fauche ich zurück. »Wenn du mich nicht erschreckt hättest…«

»Hört auf zu streiten und helft mir lieber, den blöden Kanaldeckel hochzuheben«, unterbricht mich Nora.

Sie kniet auf dem Boden und zerrt an dem Deckel. Erst als ich ihr helfe, gelingt es uns, ihn zu öffnen.

»Ihh! Das stinkt vielleicht!« Ich halte mir die Nase zu, weil aus dem Schacht ein widerlicher Geruch emporsteigt.

»Findest du? Ich finde, das duftet eigentlich ganz angenehm«, bemerkt Dieter, aber darauf achtet niemand.

Stattdessen starren mich Nora und auch Mathilde vorwurfsvoll an, und da bleibt mir wohl gar nichts anderes übrig, als die Trittstufen hinunterzusteigen und Noras Handy aus dem Kanal zu bergen. Wehren ist zwecklos, weil Nora stärker ist als ich. Sie ist ja auch älter und außerdem geht sie vier Mal die Woche zum Karatetraining.

»Ich habe heute Geburtstag«, sage ich, um das scheinbar Unvermeidliche doch noch abzuwenden.

Aber mein Geburtstag scheint Nora überhaupt nicht zu beeindrucken. Und Mathilde auch nicht. Die beiden schauen mich einfach nur weiter an, und da weiß ich, dass ich verloren habe.

»Ich warte hier oben auf dich, da unten ist es mir zu dunkel!«, ruft Dieter mir nach, als ich die Trittleiter Stufe um Stufe nach unten klettere.

Es geht ziemlich tief runter. So tief sah das von oben gar nicht aus, aber das liegt wahrscheinlich auch daran, dass es in dem Schacht so dunkel ist. Plötzlich bleibe ich hängen. Es geht einfach nicht mehr tiefer, obwohl ich spüre, dass unter mir noch ganz viel Platz ist. Aber immer wenn ich den Fuß ausstrecke, um die nächste Stufe zu erreichen, ist es, als würde ich gegen eine Wand treten. Obwohl da gar

keine Wand ist, es fühlt sich aber genauso an, als wäre da eine. Da fällt mir ein, was Nora gesagt hat: Mehr als fünf Meter kann ich mich von Dieter nicht entfernen.

Ich schaue nach oben, wo durch das kreisrunde Loch des Kanals Licht hereinfällt, und rufe laut: »Ich komme wieder rauf.«

»Kommt gar nicht infrage!«, ruft Nora zurück. »Erst musst du mein Handy finden.«

»Aber ich kann nicht mehr weiter. Ich hänge hier irgendwie fest«, antworte ich.

»Du bist zu weit von deinem Stinktier weg«, erwidert meine Schwester. »Warte, ich werfe es dir runter.«

»Das wirst du nicht wagen!«, höre ich Dieter rufen.

»Und ob wir das tun«, erwidert das Zebra.

Dann ertönt oben ein lautes »NEIN« und im nächsten Moment rast auch schon ein brüllendes, schwarzweißes Fellbündel direkt auf mich zu. Der Schacht ist so eng, dass Dieter direkt auf meinem Kopf landet. Aber das tut überhaupt nicht weh, weil sein Fell so weich ist, dass ich seine Knochen gar nicht spüre.

»Das werden die büßen«, knurrt Dieter, als ich ihn vorsichtig von meinem Kopf herunterhebe.

»Das war gemein von den beiden«, sage ich, denn das war es ja wirklich.

»Hundsgemein, zebragemein, schwestergemein«, schimpft Dieter, als ich mit ihm auf dem Arm die Trittstufen weiter nach unten klettere. Das geht jetzt wieder, weil Dieter ja bei mir ist. Da gibt es keine Gummimauer mehr. Dann bin ich auch schon am Boden des Kanals angekommen. Ich kann aber nicht viel sehen, weil es hier unten so dunkel ist.

»Meinst du, hier gibt es Ratten?«, frage ich ängstlich.

»Würde mich wundern, wenn es keine gäbe«, antwortet Dieter. »Aber keine Angst, ich bin ja bei dir.«

»Sehr tröstlich«, erwidere ich, weil die Ratten ihn ja gar nicht sehen können. Wie will er mir da helfen?

Aber wenn ich ehrlich sein soll, bin ich trotzdem ganz froh, dass Dieter da ist. Hier unten ist es echt gruselig und schrecklich stinken tut es auch.

»Findest du nicht auch, dass es ganz wundervoll nach verwelkten Orchideen duftet? Ich könnte ewig hier unten bleiben«, bemerkt Dieter und saugt hörbar die stinkige Luft ein.

Ich halte mir schon die ganze Zeit mit der freien Hand die Nase zu, aber bevor ich ihm antworten kann, dass ich überhaupt nicht finde, dass es hier unten wundervoll nach verwelkten Orchideen duftet, brüllt Nora auch schon von oben: »Hast du mein Telefon endlich gefunden?«

»Drängele nicht so!«, brülle ich zurück. »Ich muss mich doch erst mal umschauen.«

Weil es schon lange nicht mehr geregnet hat, ist zum Glück nicht viel Wasser im Kanal, nur so eine kleine Pfütze. Ich setze Dieter auf dem Boden ab, gehe in die Knie und taste vorsichtig mit meinen Fingern in dem brackigen Wasser rum. Das ist ziemlich eklig, und wenn Nora kein Karate könnte, würde ich das bestimmt nicht machen. In der stinkigen Pfütze finde ich ein Geldstück, aber kein Handy.

»Hier ist es zu dunkel!«, rufe ich Nora zu. »Ich kann überhaupt nichts sehen.«

»Dann streng dich gefälligst ein bisschen an!«, ruft Mathilde zurück und meine Schwester ergänzt: »Aber beeil dich, sonst kommen wir noch zu spät zur Schule.«

4. Eine bittere Erkenntnis

Ich taste weiter auf dem Boden herum, kann ihr Handy aber einfach nicht finden.

»Lass mal den Fachmann ran«, sagt Dieter. »Schließlich sind wir Stinktiere nachtaktiv, da kann ich im Dunkeln besser sehen als so ein Blindfisch wie du. Na, wer sagt es denn, hier ist es ja schon!«

Dieter hat Noras Handy zwischen den Zähnen und hält es mir hin. Ich nehme es ihm ab, und das ist ein bisschen ekelig, weil es voller Sabber ist. Vorsichtig wische ich es an meiner Hose ab, dann rufe ich Nora zu: »Ich habe es gefunden!«

»Elende Lügnerin! Ich habe es gefunden! Ich ganz allein!«, zischt Dieter wütend. Dabei ist es ja eigentlich auch völlig egal, wer von uns es gefunden hat. Hauptsache ich kann endlich wieder nach oben klettern.

Vorher mache ich aber kurz das Handy an, um zu sehen, ob es noch geht. Mal davon abgesehen, dass das Display jetzt zwei lange Risse hat, sieht es noch ziemlich heil aus.

»Wehe, du schaust dir wieder meine Nachrichten an!«, ruft Nora von oben, weil sie das blaue Leuchten ihres Telefons gesehen hat.

»Lass uns gehen«, sage ich zu Dieter.

»Und was ist mit dem ganzen Geld hier unten?«, fragt Dieter.

Im Licht des Handys kann ich die vielen Münzen jetzt auch sehen. Das sind mindestens drei Euro, die da unten auf dem Boden liegen. Ich sammele sie schnell ein und steige auf die erste Trittstufe.

»Und was ist mit mir, du undankbares Kind? Willst du mich hier unten sitzen lassen?«, ruft Dieter mir nach.

Für einen Moment überlege ich tatsächlich, ihn einfach hier unten hocken zu lassen. Er hat ja selber gesagt, dass es ihm hier gut gefällt, weil es in dem Kanal so wundervoll nach verwelkten Orchideen duftet. Dann drehe ich aber doch wieder um und nehme ihn hoch. Immerhin hat er mir geholfen und ohne ihn würde ich ja sowieso in der Mitte des Schachts an der unsichtbaren Gummiwand stecken bleiben.

Mit Dieter auf dem Arm steige ich die Stufen nach oben. Dabei kann ich wieder spüren, wie kuschelig weich sein Fell ist. Und hier unten riecht er auch gar nicht so schlimm, weil der Kanal ja schon so stinkt. Er wärmt mich sogar ein bisschen, und das ist gut so, weil es in dem Schacht extrem kühl ist. Für einen Moment schließe ich die Augen und stelle mir vor, er wäre kein freches, unverschämtes Stinktier, sondern irgendein anderes Tier. Irgendwas Knuffiges, Süßes, das man lieb haben kann. Das funktioniert ganz gut, weil Dieter ausnahmsweise mal die Klappe hält. Stattdessen schnurrt er behaglich, fast wie eine Katze. Es scheint ihm zu gefallen, dass ich ihn trage, und das kann ich verstehen. Das ist auf jeden Fall besser, als selber die Stufen hochklettern zu müssen. Ich weiß, wovon ich rede, das ist nämlich echt anstrengend, und als ich endlich am Ausstiegsloch ankomme, bin ich völlig erledigt.

Schwer atmend gebe ich Nora ihr Handy zurück. Sie sagt nicht mal Danke, sondern starrt auf das kaputte Display ihres Telefons. Jetzt ist sie richtig sauer, weil ihr Display Risse hat und weil sie Louis nicht getroffen hat und weil wir zu spät zur Schule kommen.

Nachdem wir den Deckel wieder auf den Schacht geschoben haben, setzen wir unseren Weg fort. Keiner von uns beiden sagt ein Wort. Nora ist immer noch wütend, und ich schmolle, weil ich ja wirklich nichts dafür konnte, dass ihr Handy in dem Kanal gelandet ist. Außerdem gehen mir immer noch so viele Sachen durch den Kopf. Zum Beispiel verstehe ich jetzt erst, warum Papa gesagt hat, dass ich ganz sicher keinen Fisch kriege. Der braucht ja ständig Wasser und könnte mich nur im Schwimmbad begleiten oder am Meer. Und nun kapiere ich auch, warum Papa und Nora sich immer so gut verstanden haben. Mal abgesehen von Oma waren das ja bis heute die Einzigen in unserer Familie, die einen tierischen Begleiter haben. Vielleicht ist Nora auch nur eifersüchtig, weil ich jetzt auch ein Tier besitze. Vielleicht ist sie deswegen so sauer auf mich. Vielleicht aber doch auch nur, weil ihr Display jetzt zwei Risse hat und sie Louis nicht getroffen hat.

Als wir in der Schule ankommen, ist der Hof leer. Die anderen Kinder sind schon alle in ihren Klassen.

»Bis heute Nachmittag«, brummt Nora und verschwindet mit Mathilde im Schulgebäude.

Ich muss vorher noch aufs Klo, um mir die Hände zu waschen. Die sind noch ein bisschen schmutzig von meiner Schatzsuche unten im Kanal.

Als ich die Tür zur Mädchentoilette öffne, will sich Dieter an mir vorbeidrängeln.

»Kommt gar nicht infrage!«, rufe ich. »Du bleibst gefälligst draußen.«

»Wieso?«, mault Dieter. »Wir gehören doch jetzt zusammen und da machen wir auch alles zusammen.«

»Ganz bestimmt nicht alles«, sage ich und knalle ihm die Klotür vor der Nase zu.

»Dann beeil dich wenigstens ein bisschen!«, brüllt Dieter von draußen. »So viel kann man gar nicht müssen, so lange wie du schon da drinnen hockst. Oder brauchst du Hilfe auf dem Klo?«

»Nicht nötig!«, brülle ich zurück, weil das nun wirklich das Letzte ist, was ich möchte.

»Ich mag Klos«, ruft Dieter. »Die riechen wie ein süßes Stinktiermädchen, das sich am Samstagabend mit einem lieblichen Parfüm eingesprüht hat.«

Ihhhh!

Das Klo riecht nämlich wirklich nicht gut und das ist noch untertrieben. In Wirklichkeit stinkt es ganz gewaltig, und dass ich mich freiwillig auf die Schultoilette geflüchtet habe, zeigt nur, wie dringend ich ein paar Minuten für mich brauche, um in Ruhe ein bisschen nachdenken zu können.

Die Ruhe habe ich aber nicht, weil Dieter im selben Augenblick anfängt, von draußen gegen die Tür zu trommeln. Langsam begreife ich, was Nora gesagt hat. Ich werde Dieter nie wieder los. Das ist nicht so wie bei einer Erkältung. Die kommt drei Tage, bleibt drei Tage und geht drei Tage, sagt Mama immer. Mathilde, das Zebra, begleitet meine Schwester seit vier Jahren, und Lasse, der Eisbär, ist nun auch schon seit ... seit ... also auf jeden Fall sehr, sehr lange bei meinem Vater, wenn der ihn auch zu seinem zehnten Geburtstag bekommen hat.

»Jetzt mach endlich die blöde Tür auf!«, brüllt Dieter von draußen.

Ich lasse mir Wasser über die Finger laufen und spritze es mir dann ins Gesicht. Vielleicht ist ja alles doch nur ein böser Traum und das kalte Wasser weckt mich auf.

Tut es aber nicht, es macht mich einfach nur nass. Ich nehme mir ein Papiertuch aus dem Spender und wische mir die Tropfen aus dem Gesicht. Dann öffne ich die Tür, weil ich schließlich nicht den ganzen Tag auf dem Klo hocken kann.

Ich bin sowieso schon viel zu spät, und in den ersten beiden Stunden haben wir Frau Gemetzel, die immer einen Höllenaufstand macht, wenn man nicht pünktlich zu ihrem Unterricht erscheint.

»Da bist du ja endlich. Ich dachte schon, du wärst in der Kloschüssel ertrunken«, bemerkt Dieter, als ich aus der Toilette komme.

Ich werde ihm einfach nicht mehr zuhören und so tun, als wenn das Stinktier gar nicht da wäre. Vielleicht wird ihm dann irgendwann langweilig und er hält die Klappe.

Unser Klassenzimmer ist im zweiten Stock, und als ich den Gang entlanglaufe, höre ich Frau Gemetzel hinter der Tür schon unsere Namen aufrufen. Genau in dem Augenblick, als sie meinen nennt, betrete ich unser Klassenzimmer.

Frau Gemetzel starrt mich fassungslos an, und für einen Moment denke ich, dass sie Dieter auch sehen kann. Kann sie aber nicht, sie ist einfach nur fassungslos, weil sie nicht begreifen kann, wie jemand zu spät zu ihrem wunderbaren Matheunterricht kommen kann.

»Zora! Du bist unpünktlich! Genau fünf Minuten«, faucht sie mich an und setzt dabei ihr ultrastrenges Gesicht auf. Ultrastreng gucken kann sie wirklich gut, und normalerweise fühle ich mich ganz furchtbar mies und elend, wenn sie mich so anschaut.

Heute nicht. Dazu bin ich viel zu abgelenkt von den Tieren, die in unserer Klasse sitzen. Es sind genau vier.

Hinter Jessicas Tisch steht ein wunderhübsches Einhorn mit rosa Fell. Echt wahr und das ist echt unfair, weil Jessica ja sowieso schon das hübscheste Mädchen aus der ganzen Klasse ist.

Neben Jessicas Freundin Lili liegt ein Fuchs mit einem buschigen Schwanz, dessen rotes Fell auch ziemlich hübsch aussieht.

Und dann gibt es noch eine Ratte, die auf der Schulter von Leon sitzt, mit dem ich noch kein einziges Wort gesprochen habe, obwohl wir seit zwei Monaten in dieselbe Klasse gehen. Nicht nur weil er ein Junge ist, sondern weil er sich manchmal so komisch benimmt. Leon ist immer ganz blass im Gesicht und schreibt nur Einsen und Zweien. Meistens Einsen. Deswegen redet kaum einer mit ihm. Ich habe schon mal gedacht, dass das vielleicht der Grund ist, warum er so ein Streber ist. Weil sich niemand mit ihm verabreden will, hat er viel Zeit zum Lernen. Daher auch die vielen guten Noten, wegen denen sich dann niemand mehr mit ihm treffen will.

Das ist ein richtiger Teufelskreis.

Anna, die große Schweigerin in unserer Klasse, hat auch ein Tier. Es ist ein Faultier, das an ihrem rechten Arm hängt

und laut vor sich hin schnarcht. Jetzt weiß ich auch, warum sie sich im Unterricht nie meldet. Mit dem schweren Tier am Oberarm geht das schlecht.

Weitere Tiere kann ich keine entdecken, was ja nicht heißt, dass nicht doch noch mehr davon da sind. Vielleicht gibt es ja auch Flöhe oder Mücken als Begleiter. Die sind so klein, die sieht man nicht, und wenn ich es mir hätte aussuchen können, hätte ich auch lieber einen winzigen Marienkäfer.

»Warum kannst du kein Schmetterling sein oder von mir aus auch ein Mistkäfer?«, flüstere ich Dieter zu.

»Wenn ich hätte wählen können, Frolleinchen, dann hätte ich mich auch für jemand anderes entschieden, und ganz sicher nicht für so eine undankbare und freche Göre wie dich!«, zischt Dieter zurück, während er gleichzeitig lässig mit einer Pfote die anderen Tiere im Klassenzimmer grüßt.

Aber das Einhorn und der Fuchs ignorieren ihn einfach. Nur die Ratte erwidert seinen Gruß und wedelt aufgeregt mit ihrer kleinen Pfote, während das Faultier an Annas Arm sowieso nichts mitbekommen hat, weil es immer noch pennt. Aber da kann es ja nichts für, ist halt ein Faultier.

5. Jessicas Clique

Alle starren mich an. Klar, ich würde auch starren, wenn jemand zu spät kommt und von Frau Gemetzel deswegen angemotzt wird.

Aber Jessica, Lili, Anna und Leon starren ganz besonders, weil ihre Blicke ständig zwischen Dieter und mir hin- und herpendeln. Die vier sind ja die Einzigen, die Dieter sehen können. Jessica beugt sich zu Lili rüber und flüstert ihr etwas ins Ohr. Was genau, kann ich nicht verstehen, aber es muss etwas sehr Lustiges gewesen sein, weil die beiden jetzt fürchterlich kichern. Auch das Einhorn und der Fuchs lachen laut, und irgendwie habe ich den Verdacht, dass sie über mich lachen. Oder über mein Stinktier. Oder über uns beide.

»Wenn die sich über mich lustig machen, dann können die zwei doofen Schnepfen was erleben«, faucht Dieter.

Ich hoffe auch, dass sie nicht über das Stinktier und mich

lachen. Ich hoffe, dass sie aus Freude lachen, weil nun noch jemand in ihrer Klasse ist, der auch ein unsichtbares Tier an seiner Seite hat. Das verbindet ja irgendwie und mit Dieter gehöre ich jetzt ganz sicher zu Jessicas Clique. Nicht nur weil ich seit heute Morgen zehn bin, sondern weil ich auch einen Begleiter habe. Genau wie sie und Lili. Der Gedanke versöhnt mich für einen Moment sogar ein bisschen mit Dieter.

»Danke«, flüstere ich ihm zu.

»Wofür?«, fragt Dieter misstrauisch zurück.

»Dank dir gehöre ich ab jetzt dazu«, erkläre ich leise und beinahe hätte ich ihm sogar einen Kuss auf die Stirn gegeben. Aber als ich mich mit meinen Lippen seinem müffelnden Fell nähere, lasse ich es dann doch lieber bleiben.

»Schon klar, deswegen spielen die auch in jeder Pause mit Leon und seiner Ratte«, quatscht Dieter dazwischen. »Vergiss es! Eingebildete Zicken sind das.«

»Wer? Jessica und Lili?«, frage ich leise.

»Nein, diese blöde rosa Kuh mit dem Besenstiel auf der Stirn und dieser hochnäsige Wauwau mit dem roten Staubwedel hinten dran«, sagt Dieter. »Die werden sich niemals mit dir abgeben. Die beiden Viecher nicht und die zwei Mädels genauso wenig.«

Ich glaube das nicht. So viele Menschen mit Begleitern

gibt es ja nicht, und da ist ja wohl klar, dass man da untereinander zusammenhält. Bei dem Gedanken wird mir ganz warm ums Herz, und da stört es mich auch fast gar nicht, dass Frau Gemetzel immer noch mit mir schimpft.

»Für dein Zuspätkommen gibt es natürlich einen Eintrag ins Klassenbuch«, droht meine Lehrerin. »Und jetzt setz dich schon, damit wir endlich weitermachen können.«

»Aber Zora hat doch heute Geburtstag!«, ruft Kati. Sie sitzt in der dritten Reihe am Fenster, und der Platz neben ihr ist frei, weil es mein Platz ist.

»Stimmt das?«, fragt mich Frau Gemetzel misstrauisch.

Ich nicke nur und gehe zu meinem Stuhl.

»Na meinetwegen, dann lass ich das heute ausnahmsweise mal durchgehen. Aber wenn das noch einmal passiert, schreibe ich an deine Eltern. Hast du mich verstanden?«

Ich nicke wieder und setze mich neben Kati. Bevor ich ihn davon abhalten kann, springt Dieter auf meinen Schoß und rollt sich dort zu einer schwarz-weißen Fellkugel zusammen. Dabei steckt er seine Schnauze unter seinen buschigen Schwanz, so als wenn er eine Runde schlafen wollte.

»Herzlichen Glückwunsch!« Kati schiebt mir hinter ihrem Rechenbuch ein kleines Päckchen mit Schleife über den Tisch. »Das ist für dich.«

»Danke!« Ich freue mich wahnsinnig, weil es überhaupt das erste Geschenk ist, das ich an diesem Tag erhalte. Mal abgesehen von Dieter natürlich. Bei der ganzen Aufregung heute Morgen hatte ich ja total vergessen, meine Geschenke auszupacken. Und die Einladungskarten für den Klettergarten hätte ich bestimmt auch vergessen, wenn ich sie nicht gestern schon in meinen Ranzen gesteckt hätte. Die habe ich alle selber gebastelt und mir dabei ganz viel Mühe gegeben. Ich habe einen Baum gemalt und ein Kind, und wenn man an einem Faden auf der Rückseite zieht, sieht es so aus, als wenn das Kind am Stamm hochklettern würde. Auf der Rückseite habe ich geschrieben, wann und wo mein Geburtstag stattfindet. Ich hole schnell die Einladungen aus meinem Ranzen und gebe unter dem Tisch eine davon an Kati weiter. Dabei muss ich mich ein bisschen herunterbeugen und komme dabei mit der Nase ganz nah an Dieters Fell.

»Ich hoffe, er stinkt nicht zu sehr«, sage ich leise und deute auf Dieter, der immer noch auf meinen Beinen döst.

»Wer? Der Kletterpark?«, fragt Kati verständnislos und zeigt auf die Einladungskarte in ihrer Hand.

Mist! Ich habe total vergessen, dass sie Dieter ja gar nicht sehen kann. Das können hier in der Klasse ja nur Jessica, Lili, Anna und Leon.

»Vergiss es«, sage ich schnell. »Aber in der Pause muss ich dir unbedingt was erzählen.«

»Was denn?«

»Später«, antworte ich, weil Frau Gemetzel es in ihrem Unterricht überhaupt nicht leiden kann, wenn man miteinander quatscht.

Deswegen schiebt Kati mir einen Zettel über den Tisch. Auf dem steht: »Was hast du denn alles bekommen?«

»Ein Sti…«, schreibe ich, überlege es mir dann aber doch anders. Die Sache mit Dieter ist so kompliziert, dafür würde der kleine Zettel gar nicht reichen. Außerdem weiß ich nicht, ob ich ihr überhaupt von dem Stinktier erzählen soll. Sie würde es mir sowieso nicht glauben, obwohl sie meine Freundin ist. Wenn mir gestern jemand erzählt hätte, dass die ganze Zeit ein Zebra, ein Eisbär oder sogar ein Einhorn neben ihm herläuft, hätte ich ihm das schließlich auch nicht geglaubt. Ich hätte gedacht, der ist total durchgeknallt und braucht dringend ärztliche Hilfe.

Damit Kati mich nicht auch für völlig durchgeknallt hält, schreibe ich lieber nicht »Stinktier« auf den Zettel. Stattdessen überlege ich schnell, was für ein Wort sonst noch mit »Sti« anfängt.

»Ein Stickeralbum«, vollende ich meine Notiz.

»Was denn für Sticker?«, schreibt Kati zurück.

»Tiersticker«, notiere ich, weil mir auf die Schnelle nichts anderes einfällt und das ja auch irgendwie passt.

Damit ist der Zettel dann auch schon voll, aber Kati reißt einfach ein neues Blatt aus ihrem Matheheft und schreibt: »Alles okay mit dir?«

»Warum?«, kritzele ich darunter.

»Du benimmst dich heute Morgen irgendwie komisch«, notiert Kati.

Ich will gerade schreiben, dass das gar nicht stimmt, obwohl es wahrscheinlich doch stimmt, da steht plötzlich Frau Gemetzel direkt vor unserem Tisch.

Die ständige Hin-und-Her-Schreiberei hat mich so abgelenkt, dass ich sie gar nicht habe kommen sehen.

»Dann wollen wir mal hören, ob das Geburtstagskind uns sagen kann, wie viel fünfzehn mal siebenundzwanzig ist.«

Das kann ich natürlich nicht. Ich bin nicht besonders gut im Rechnen. In Wahrheit bin ich sogar richtig schlecht darin und das weiß Frau Gemetzel auch. Sie hat bereits ihr kleines rotes Büchlein gezückt, in das sie immer reinschreibt, ob jemand etwas weiß oder nicht. Um ihre Lippen ist so ein hässliches fieses Lächeln, das überhaupt nicht ermutigend wirkt, sondern eher so, als ob sie sich darüber freuen würde, wenn man ihre Fragen nicht beantworten kann. Von hinten höre ich lautes Kichern, und ich bin sicher, dass das entweder von Jessica oder von ihrem rosa Einhorn stammt.

»Na, weißt du es, Zora? Oder muss ich Jessica fragen? Die weiß das bestimmt«, sagt Frau Gemetzel. Sie hat schon ihren roten Stift angesetzt, um für mich ein rotes Minus in ihr rotes Heftchen einzutragen

»Vierhundertundfünf«, murmelt Dieter plötzlich auf meinen Beinen. »Das ist doch pippileicht.«

Da ich selber keinen Schimmer habe, wie viel fünfzehn mal siebenundzwanzig ist, wiederhole ich einfach, was das Stinktier gesagt hat: »Vierhundertundfünf.«

Frau Gemetzel dreht sich überrascht zu mir um, weil sie schon auf dem Weg zu Jessica war. Jessica ist nicht nur das

hübscheste Mädchen in unserer Klasse, sondern nach Leon auch die Beste im Rechnen von uns allen.

»Wie bitte? Was hast du da eben gesagt?«, fragt Frau Gemetzel, obwohl ich sicher bin, dass sie meine Antwort genau verstanden hat.

»Vierhundertfünf«, wiederhole ich.

»Hat Kati dir das vorgesagt?«, will Frau Gemetzel von mir wissen, was aber absoluter Blödsinn ist. Kati kann sogar noch schlechter rechnen als ich. Falls das überhaupt möglich ist.

Deswegen schüttelt Kati auch den Kopf, während sie gleichzeitig zu mir herüberschaut, als würde plötzlich ein Mathe-Zombie neben ihr sitzen.

»Dumme Frage von mir«, murmelt Frau Gemetzel. »Wie sollte sie auch.«

»Erinnere sie daran, dass sie dir ein Plus gibt«, zischt Dieter mir zu.

Ich hebe die Hand, damit Frau Gemetzel mich noch einmal drannimmt.

»Was ist denn noch, Zora?«, fragt sie unwirsch.

»Sie müssen in Ihrem Heft noch ein Plus hinter meinen Namen schreiben«, sage ich. »Weil ich doch die richtige Antwort gewusst habe.«

»Stimmt, das hätte ich fast vergessen«, erwidert Frau Gemetzel mit spitzen Lippen und notiert etwas in ihr Heft. Dann geht sie wieder zurück zur Tafel.

»Danke«, sage ich zu Dieter, und das ist jetzt schon das zweite Mal, dass ich mich bei ihm bedanke. Ich sage das ganz leise, damit Kati es nicht hören kann. Sonst denkt sie noch, ich spreche mit mir selber.

»Wie bitte? Ich verstehe dich so schlecht«, brummt Dieter.

»Danke!«, wiederhole ich etwas lauter. Aber nur ein bisschen.

»Ich kann dich immer noch nicht verstehen«, sagt das Stinktier.

»DANKE!« Das war jetzt so laut, dass mich alle angucken. Nicht nur Kati.

»Schrei doch nicht so rum«, faucht das Stinktier auf meinen Beinen. »Sonst halten dich die Leute noch für völlig plemplem, und dann bringen sie dich in eine Irrenanstalt, und ich habe absolut keine Lust, die nächsten Jahre mit dir zusammen in der Klapsmühle zu verbringen.«

Dieter hat recht. Ich muss mir unbedingt abgewöhnen, vor anderen mit ihm zu reden. Kati guckt immer noch zu mir rüber. Das macht sie auch den Rest der Doppelstunde, immer dann, wenn sie denkt, ich würde es nicht merken.

Dafür lässt mich wenigstens Frau Gemetzel in Ruhe. Wahrscheinlich macht es ihr keinen Spaß, jemanden dranzunehmen, der die richtigen Antworten auf ihre fiesen Fragen weiß.

Auch Dieter ist jetzt still. Ich glaube, er ist eingeschlafen. Einmal streiche ich versehentlich mit meiner Hand über sein Fell, und da spüre ich wieder, wie weich und kuschelig er eigentlich ist. Das Einhorn und der Fuchs schlafen nicht.

Das weiß ich, weil sie sich die ganze Zeit über Dieter lustig machen.

»Ist das ein alter Käse oder das Stinktier, was hier so vergammelt riecht?«, fragt das Einhorn.

»Ich würde ja eher auf einen Haufen alter Socken tippen«, erwidert der Fuchs.

»Schwarz-weiß gestreifte Socken«, ergänzt das Einhorn und dann brechen sie beide in lautes Gelächter aus.

Jessica und Lili lachen nicht, die kichern nur albern.

»Ihr seid richtig blöde Idioten, wisst ihr das?«, ruft plötzlich eine piepsige Stimme.

Leons Ratte hält ihre beiden Fäustchen angriffslustig vor die Brust, als wenn sie zu einem Boxkampf antreten wollte.

Statt ihr zu antworten, hebt Lilis Fuchs nur den Kopf und stößt ein so entsetzliches Fauchen aus, dass ich davon eine Gänsehaut kriege. Die Ratte nimmt ihre Fäuste wieder runter und verschwindet blitzschnell in der Kapuze von Leons Pulli.

Das Einhorn und der Fuchs lachen wieder und Jessica und Lili fangen erneut an zu kichern. Anna tut so, als wenn sie gar nicht mitbekommen hätte, was da gerade passiert ist. Dabei muss sie das doch auch gehört haben! Aber Anna, die große Schweigerin, starrt einfach geradeaus an die Tafel, während ihr Faultier ungerührt an ihrem Arm hängt und weiter vor sich hin schnarcht.

6. Käsebrötchen und Schweineohren

Als der Pausengong ertönt, hebe ich das schlafende Stinktier von meinem Schoß und lege es auf dem Tisch ab, damit ich die restlichen Einladungen zu meinem Geburtstag aus meinem Ranzen holen kann. Die will ich in der Pause verteilen.

»Ich habe auf dem Schulweg Geld gefunden«, sage ich zu Kati und zeige ihr die Münzen, die im Kanal lagen. »Wir können uns beim Hausmeister was Süßes kaufen.«

»Dann aber schnell, sonst ist die Schlange zu lang«, sagt Kati und das stimmt. Wenn man zu spät kommt, hat man nichts mehr von der Pause, weil man die ganze Zeit am Schulkiosk anstehen muss.

Kati und ich rennen los, aber kaum bin ich draußen auf dem Flur, knalle ich gegen eine Wand. Obwohl da gar keine Wand ist, es fühlt sich aber genauso an, als wäre da eine. So eine weiche, gepolsterte, es hat nämlich gar nicht wehgetan, als ich dagegen gelaufen bin. Ich kann halt einfach nur nicht weiter. Genau wie vorhin in dem Schacht, als ich Noras Handy aus dem Kanal holen musste.

»Was ist los? Warum kommst du denn nicht?«, fragt Kati, weil ich mitten auf dem Flur stehe, und das sieht wahrscheinlich wirklich ziemlich seltsam aus. Auch weil ich mit meinen beiden Händen diese unheimliche, unsichtbare Wand abtaste.

»Bin gleich wieder da.« Ich drehe mich um und renne zurück in unsere Klasse, wo Dieter immer noch auf der Tischplatte schläft.

Ich klemme ihn mir unter den Arm und laufe zurück zu Kati, die im Flur ungeduldig auf mich wartet.

Wegen der kleinen Verzögerung kommen Kati und ich zu spät zum Kiosk. Vor uns steht eine lange Schlange, und das heißt, dass wir warten müssen, bis wir dran sind.

»Mach doch endlich mal dein Geschenk auf!« Kati kann es gar nicht erwarten, dass ich ihr kleines Päckchen öffne. Und ich auch nicht.

Ich reiße das Papier auf und finde ein kleines grünes Glasfläschchen mit einer goldenen Metallkrone als Deckel.

»Das ist Rosenwasser«, erklärt Kati. »Das riecht wahnsinnig schön.«

Ich schraube den Deckel auf und halte mir das Fläschchen an die Nase. Es duftet wirklich toll, ganz lieblich, so als säße man im Sommer mitten in einer Blumenwiese.

Ich sauge den Duft tief ein, weil er einfach so wunderbar riecht. Besser sogar noch als Mamas Parfüm.

»Willst du mich vergiften!«, faucht Dieter, den der Geruch des Rosenwassers aufgeweckt hat. »Mach sofort die Flasche zu, das stinkt ja entsetzlich!«

Vor Schreck zucke ich zusammen und hätte sogar fast das Fläschchen fallen lassen.

»Erschreck mich doch nicht so«, rutscht es mir heraus.

Kati mustert mich von der Seite, so wie vorhin schon im Unterricht.

»Ich soll dich erschreckt haben? Du bist es doch, die mich mit diesem Teufelsgebräu aus meinem wohlverdienten Schlaf geweckt hat«, keift Dieter. »Manieren hat dieses Kind … Das ist ja unglaublich.«

Ich verschließe das Fläschchen schnell wieder, damit das Stinktier aufhört zu schimpfen, und bedanke mich bei Kati.

»Gern geschehen«, sagt Kati.

»Das ist das schönste Geschenk, das ich heute bekommen habe«, sage ich extra laut, damit Dieter das auch hört.

»So eine Unverschämtheit«, knurrt das Stinktier.

Aber ich beachte Dieter gar nicht, sondern schaue mich auf dem Schulhof um. Jessica und Lili stehen mit anderen Mädchen, dem Einhorn und dem Fuchs in einer Ecke, Leon mit seiner Ratte in einer anderen und Anna mit ihrem Faultier wieder in einer anderen.

»Ich freu mich schon total auf deine Geburtstagsfeier im Klettergarten«, sagt Kati. »Wer ist denn sonst noch eingeladen?«

»Jessica und Lili«, antworte ich.

»Echt?«, sagt Kati. »Meinst du, die kommen?«

»Klar kommen die«, antworte ich. »Ich bin jetzt schließlich zehn, da darf ich ja auch in ihre Clique.«

Von den Tieren sage ich nichts. Dafür muss ich erst noch eine gute Gelegenheit abwarten.

Kati sieht plötzlich ganz traurig aus.

»Was ist denn?«, frage ich.

»Triffst du dich dann gar nicht mehr mit mir, wenn du in Jessicas Clique bist?«, fragt Kati.

»So ein Blödsinn«, widerspreche ich ihr, weil das ja wirklich totaler Quatsch ist und ich mich selbstverständlich weiter mit Kati verabreden werde. »Außerdem wirst du doch auch schon bald zehn.«

»Aber erst in einem Monat«, sagt Kati.

Während wir reden, sind wir in der Schlange immer weiter nach vorne gerutscht.

»Wenn ihr euch entscheidet, was ihr wollt, geht das auch schneller hier«, sagt unser Hausmeister, Herr Krausewitz.

Herr Krausewitz trägt immer eine Kappe auf dem Kopf, damit man seine Glatze nicht sieht. Ist aber auch klar, dass der keine Haare auf dem Kopf hat, die wachsen bei dem ja alle aus der Nase und den Ohren.

Und irgendwie ist das schon wieder nicht fair, dass ausgerechnet direkt neben unserem Hausmeister ein wunderhübscher Pfau steht. Zu Herrn Krausewitz hätte Dieter viel besser gepasst. Als unser Hausmeister mein Stinktier entdeckt, fängt er an breit zu grinsen.

»Da hast du aber ein Mordspech gehabt, Kleine«, sagt er und lacht dabei ganz gemein.

»Wieso denn Pech gehabt?«, fragt Kati verständnislos.

»Keine Ahnung, was der meint«, murmele ich, obwohl ich natürlich genau weiß, was oder besser wen er meint.

»Sparen Sie sich Ihre Frechheiten«, faucht Dieter. »Und lassen Sie mal lieber zwei von Ihren vergammelten Käsebrötchen rüberwachsen. Aber ein bisschen dalli.«

Herr Krausewitz funkelt Dieter böse an, sagt aber nichts. Sein Pfau bleibt auch ganz still. Wahrscheinlich ist es unter seiner Würde, sich mit einem Stinktier zu unterhalten.

»Ich möchte aber gar kein Käsebrötchen«, sagt Kati, die sich wundert, warum unser Hausmeister zwei Brötchenhälften mit Gouda in eine braune Papiertüte packt. »Ich möchte lieber ein Schweineohr.«

»Kein Problem, davon hat er sogar zwei«, grölt Dieter und zeigt mit

seiner Pfote auf die Ohren unseres Hausmeisters, die unter seiner Kappe hervorgucken.

Ich finde das ziemlich lustig und muss lachen. Kati nicht, die hat es ja nicht gehört. Dafür aber Herr Krausewitz. Ich sehe, wie unser Hausmeister vor Wut kocht, als er ein Schweineohr in die braune Tüte stopft.

Aber er kann ja nichts sagen, weil so viele Kinder um uns herum stehen, die Dieters freche Bemerkung auch nicht gehört haben.

»Macht genau drei Euro«, knurrt Herr Krausewitz und streckt seine große Hand aus.

Ich hole die Münzen raus, die ich in dem Kanal gefunden habe, und gebe sie ihm. Bevor er sie in seine Kasse fallen lässt, hebt er die Hand an seine Nase und riecht an dem Geld.

»Die stinken, die Münzen«, sagt Herr Krausewitz und schaut dabei Dieter an. »Ist ja aber auch kein Wunder.«

Ich nehme die Tüte und gehe mit Kati schnell weg, bevor Dieter noch etwas erwidern kann.

»Warum hat das Geld denn gestunken?«, fragt Kati.

Wir setzen uns auf eine Bank und essen. Ich das Käsebrötchen, obwohl ich das auch nicht besonders mag, und Kati ihr Schweineohr. Immer wenn sie nicht hinsieht, lasse ich Dieter abbeißen, während ich Kati gleichzeitig erkläre, wo ich das Geld gefunden habe.

»Und du bist da echt runtergeklettert? Wow! Das hätte ich mich nie getraut.«

»Wenn deine Schwester Karate könnte, hättest du dich auch getraut«, erwidere ich.

»Warum ist ihr Handy überhaupt da reingefallen?«, will Kati wissen. »Nora klammert sich doch immer daran fest, als wäre es ein Rettungsring.«

»Das ist eine lange und komplizierte Geschichte«, antworte ich ausweichend.

»Was ist an mir denn bitte schön kompliziert?«, schmatzt Dieter und beißt ein großes Stück von meinem Käsebrötchen ab.

»Alles«, flüstere ich.

»Phh«, macht das Stinktier, dann schweigt es beleidigt.

Das ist gut, denn jetzt kann ich mich noch ein bisschen mit Kati unterhalten, ohne dass Dieter dazwischenquatscht.

»Sicher, dass mit dir alles okay ist?«, fragt mich Kati.

»Klar doch«, schwindele ich und fühle mich dabei ziemlich doof, weil wir uns sonst immer alles erzählen und niemals anlügen. Irgendwann werde ich ihr alles erklären, aber noch nicht jetzt. Jetzt muss ich meine Einladungskarten abgeben, bevor die Pause zu Ende ist.

»Ich verteile nur noch schnell die Einladungen«, sage ich und springe von der Bank auf. »Wir sehen uns nachher im Unterricht.«

Weil der Klettergarten so teuer ist, darf ich nur drei Kinder einladen, haben meine Eltern gesagt. Das reicht mir aber auch, weil ich außer Kati sowieso nur Jessica und Lili dabeihaben möchte.

Die beiden lehnen lässig mit dem Einhorn und dem Fuchs am Zaun und reden über Jessicas Party. Um sie herum drängen sich einige andere Kinder. Ganz egal, wo Jessica ist, sie steht immer im Mittelpunkt. Und das liegt nicht an ihrem wunderschönen Einhorn, denn das können die anderen Kinder ja gar nicht sehen.

Als ich sie mit Dieter erreiche, tun Jessica und Lili so, als wären ich und das Stinktier gar nicht da.

»Das wird total super!«, sagt Jessica gerade. »Alle coolen Leute aus der Schule kommen und es wird bestimmt sogar getanzt.«

»Gibt es auch Cola?«, fragt Lili.

»Bis dir schlecht wird«, erwidert Jessica.

So reden sie noch ungefähr fünf Minuten weiter, ohne mich zu beachten, und ich traue mich nicht, sie zu unterbrechen. Genau wie die anderen Schüler. Eigentlich reden nur Jessica und Lili, während alle anderen an ihren Lippen hängen und den Mund halten.

»Hey, ihr eingebildeten Quasselstrippen«, ruft Dieter plötzlich. »Zora möchte euch was sagen.«

»So? Was denn?«, fragt Lili.

»Da bin ich aber mal gespannt«, ergänzt Jessica.

Ich spüre, wie ich knallrot werde, weil mich alle angucken.

»Die wird bestimmt toll, eure Party«, stottere ich.

»Für die, die dabei sind, schon«, erwidert Jessica. »Also was willst du?«

»Euch einladen«, sage ich. »Zu meinem Geburtstag.«

Ich halte den beiden meine gebastelten Karten hin, aber weder Jessica noch Lili greifen danach.

»Was ist das? Ein Babygeburtstag mit Topfschlagen?«, fragt Lili.

»Nein, wir gehen morgen Nachmittag in einen Hochseilgarten zum Klettern«, antworte ich unsicher. »Das habe ich mir von meinen Eltern gewünscht, weil ich das immer schon mal machen wollte. Das wird bestimmt super spannend.«

»Sehe ich aus, als wenn ich in meinen schicken Klamotten auf Bäume klettern würde?«, fragt Jessica. »Geh mit deinem Stinktier spielen und lass uns in Ruhe.«

Das mit dem Stinktier versteht natürlich nur Lili, die

anderen halten das alle für einen Witz und fangen an zu lachen.

»Aber ich bin doch jetzt auch zehn«, rufe ich und merke gleichzeitig, wie kindisch sich das anhört.

Die beiden fangen sofort an zu kichern und können sich gar nicht mehr einkriegen. Auch das Einhorn und der Fuchs stimmen mit ein.

»Träum weiter«, sagt Jessica, als sie sich wieder beruhigt hat, und Lili fügt hinzu: »Das ist eine coole Clique. Das ist nichts für dich und dein Stinktier.«

»Sucht euch doch eine Käsebande«, wiehert das Einhorn.

»Und glaub bloß nicht, dass du und deine Stinkbombe auf unsere Party kommen könnt. Das ist ja schließlich keine Alte-Socken-Party«, faucht der Fuchs. »Und jetzt verzieh dich.«

»Und nimm dein gestreiftes Fellbündel mit, hier stinkt's«, sagt Jessica.

Ich kann es einfach nicht fassen, dass ich vorher nie gemerkt habe, was das für eingebildete Zicken sind! Das ist genau wie damals, als ich zu Weihnachten unbedingt die sprechende Puppe haben wollte. Und als ich sie dann hatte, habe ich gemerkt, dass man gar nicht richtig mit ihr spielen kann, weil sie immer nur »Mama! Hunger! Pipi!« gesagt hat. Die war richtig blöd, genauso wie Jessica und Lili.

Ich zittere vor Wut und würde ihnen gerne irgendwas Gemeines sagen. Irgendwas, was sie richtig trifft und ihnen zeigt, wie blöd sie sind. Aber mir fällt nichts ein und deswegen drehe ich mich einfach um und gehe. Ich höre Lili hinter mir lachen und auch die anderen Kinder kichern, obwohl sie nur die Hälfte von dem verstanden haben können, was da gerade geredet wurde.

Dieter hat die ganze Zeit den Mund gehalten. Er sagt auch jetzt nichts, sondern wendet Jessica, Lili, dem Einhorn und dem Fuchs einfach seinen dicken Po zu. Kurz darauf höre ich ein Zischen, so als würde jemand oben auf den Knopf einer Sprühdose drücken.

7. Der Club der doofen Tiere

»IHHH! Das Stinktier hat uns vollgestunken!«, schreit Jessica.

»ÄHHH! Das ist ja ekelhaft!«, kreischt Lili.

Auch das Einhorn und der Fuchs brüllen, weil sie ebenfalls eine volle Ladung von Dieter abbekommen haben. Die anderen Kinder schreien auch, obwohl die Dieter ja gar nicht sehen können. Dafür aber riechen. Die denken bestimmt alle, ich hätte gerade eine Stinkbombe geworfen. Es müffelt wirklich ganz grauenhaft nach einer Mischung aus faulen Eiern und verbranntem Gummi.

Ich halte mir die Nase zu und muss gleichzeitig lachen, weil die vier das wirklich verdient haben. Dieter lacht auch, als er neben mir über den Hof flitzt.

»Na, wie habe ich das gemacht?«, fragt er, als wir atemlos am Eingang zur Aula ankommen. Da hat Frau Gemetzel heute Aufsicht, und so lange ich in ihrer Nähe bleibe, können Jessica und Lili mir nichts tun. Ich muss mich einfach nur ein paar Meter neben sie stellen und aufpassen, dass sie mir nicht den Rücken zudreht. Solange ich mich in ihrem Blickfeld befinde, bin ich in Sicherheit.

»Sehr gut hast du das gemacht«, antworte ich.

»Ich habe sowieso nicht kapiert, was du von denen willst. Doofe Zicken sind das, alle vier«, sagt Dieter.

»Aber jeder, wirklich jeder will in ihrer Nähe sein«, antworte ich.

»Jetzt nicht mehr. Jetzt stinken die schlimmer als ein alter Misthaufen«, erwidert Dieter. »Leg dich nie mit einem Stinktier an, merk dir das.«

»Hey, das war absolut megasuper!«, fiepst plötzlich eine helle Stimme von hinten.

Als ich mich umdrehe, sehe ich, dass es Leons Ratte war, die da gerufen hat. Sie hockt wieder auf seiner Schulter und winkt mir aufgeregt zu, während Leon langsam auf uns zu spaziert kommt.

»Wir haben alles beobachtet!«, erklärt die Ratte, als Leon uns erreicht hat. »Ich bin übrigens Jasper.«

»Willkommen im Club«, sagt Leon.

»Was denn für ein Club?«, frage ich verwundert, weil ich keine Ahnung habe, wovon Leon redet.

»Na, im Club der doofen Tiere natürlich«, antwortet Leon. »Machen wir uns nichts vor, wir haben mit unseren Tieren die Arschkarte gezogen. Ich hatte ja immer gedacht, ich hätte mit Jasper schon mega Pech gehabt. Aber so ein Stinktier schlägt natürlich alles. Das ist ja noch schlimmer als Annas Faultier.«

»Vorsichtig, ganz vorsichtig!«, knurrt Dieter. »Hier möchte wohl noch jemand eine kleine Duftdusche haben, oder was?«

»Nein, aber man muss das realistisch sehen. Es gibt eben coole Tiere und weniger coole Tiere«, erklärt Leon. »Einhörner, Füchse, weiße Hirsche oder Zebras sind cool. Ratten und Stinktiere sind es nicht. Aber weil wir sowieso nichts dagegen machen können, müssen wir uns halt damit abfinden.«

Zugegeben, das klingt ziemlich vernünftig, was Leon da sagt. Obwohl er ein Junge ist und ich Jungs eigentlich nicht mag.

Anna ist mit ihrem schnarchenden Faultier in der Zwischenzeit auch zu uns gekommen. Sie steht neben Leon und reckt mir ihren Daumen entgegen, was wohl heißen soll, dass sie Dieters Stinkattacke auch beobachtet und für gut befunden hat.

»Gibt es den Club wirklich?«, frage ich Leon.

»Was für einen Club?«, fragt er zurück.

»Na, diesen Club der doofen Tiere«, erkläre ich.

»Bis jetzt noch nicht«, erwidert Leon. »Ich fand es albern, einen Club nur mit zwei Leuten zu gründen, von denen einer so gut wie stumm ist.« Dabei zeigt er auf Anna. »Aber jetzt wären wir ja schon zu dritt!«

»Super, wir gründen eine Bande«, ruft Jasper.

»Ja, den Club der doofen Tiere!«, faucht Dieter die Ratte an. »Wohl noch nicht kapiert, dass du damit gemeint bist.«

»Das ist mir egal, Hauptsache, ich gehöre zu einem Club«, fiepst die Ratte. »Ich habe noch nie zu einem Club gehört.«

»Und was ist mit euch beiden?«, fragt Leon und schaut Anna an.

»Meinetwegen«, sagt Anna, und das ist seit langer Zeit überhaupt das erste Mal, dass ich sie etwas sagen höre. »Das ist übrigens Paula.«

Anna deutet auf ihr Faultier, das immer noch schlafend an ihrem Arm hängt.

»Und du?« Leon sieht jetzt mich an.

Ich bin mir nicht sicher, was ich sagen soll. Ich wollte ja unbedingt zu einer Bande gehören, aber doch zu der von Jessica und Lili. Da wusste ich ja noch nicht, wie gemein und eingebildet die beiden sind. Aber ein Club der doofen Tiere hört sich für meinen Geschmack auch nicht so wahnsinnig viel besser an.

»Ohne mich«, sage ich.

»Klar sind wir dabei«, ruft Dieter. »Aber nur, wenn wir das doof durch super ersetzen und ich der Anführer des Clubs der super Tiere bin. Ihr vier dürft übrigens auch zu Zoras Geburtstag kommen.«

»Wie bitte?«, frage ich überrascht.

»Du hast da doch noch zwei Karten übrig.« Dieter zeigt auf die Einladungen, die ich noch immer in der Hand halte. »Jessica und die andere doofe Schnepfe wollen ja nicht. Nun gib sie ihnen schon!«, drängt Dieter.

Bevor ich etwas erwidern kann, greift Anna mit ihrem freien Arm nach den beiden Karten. Eine behält sie selbst, die andere gibt sie an Leon weiter.

»Cool, Klettergarten«, sagt Anna, und das ist jetzt schon das zweite Mal, dass sie heute was gesagt hat. So viel hat Anna während der letzten zwei Monate nicht gesprochen.

»Ja, der ist mitten im Wald. Da kann man auf die Bäume steigen und dann mit Seilen und auf Stegen von einem Baum zum nächsten klettern«, erkläre ich. »Das wollte ich immer schon mal machen, deswegen habe ich mir das zum Geburtstag gewünscht.«

»Cool«, wiederholt Anna und vielleicht gefällt es ihr wegen Paula so gut. Faultiere leben ja normalerweise auf Bäumen.

»Das ist die schönste Einladung, die ich jemals bekommen habe«, schwärmt Leon. »Guck mal, Jasper, wenn man hier an der Kordel zieht, klettert das Kind den Baum rauf. Hast du die Karten selbst gemacht?«

Ich nicke nur und werde ganz rot.

»Hurra, wir sind eingeladen! Hurra, wir sind eingeladen!«, ruft Jasper, die Ratte, und macht auf Leons Schulter vor Freude einen Salto. »Wir waren noch nie irgendwo eingeladen!«

»Dann sehen wir uns morgen«, verkündet Dieter. »Aber seid pünktlich, die Bäume warten nicht.«

Das ist natürlich Blödsinn, weil die Bäume im Kletterpark ja nicht weglaufen können. Deswegen lachen alle, sogar Anna. Und ich auch, obwohl mir überhaupt nicht zum Lachen ist und ich die Idee mit dem Club der doofen Tiere immer noch doof finde. Aber dann läutet auch schon der Gong und wir müssen zurück in unsere Klassen. Ich halte Ausschau nach Kati, kann sie aber zwischen den anderen Kindern nirgendwo entdecken. Deswegen gehe ich zusammen mit Leon und Anna die Treppe hoch. Das habe ich noch nie getan.

Jessica und Lili sehe ich an diesem Tag nicht mehr wieder. Frau Gemetzel hat sie nach Hause geschickt, weil sie so gestunken haben. Ich glaube aber nicht, dass sie Dieter und mir dafür dankbar sein werden. Ich glaube auch nicht, dass sie unserer Lehrerin von meinem Stinktier erzählt haben. Dann hätten sie ihr ja auch von dem Einhorn und dem Fuchs erzählen müssen und das hätte ihnen unsere Mathelehrerin sowieso nicht abgenommen. Die ist Naturwissenschaftlerin, die glaubt nicht an Geister, Gespenster oder Totemtiere. Die glaubt nur an das, was sie sieht. Obwohl das natürlich Blödsinn ist. Sie glaubt ja auch an Atome und so und die kann man ja auch nicht sehen.

Kati ist den Rest des Tages ein bisschen beleidigt, weil ich sie auf dem Schulhof einfach so habe stehen lassen mit ihrem Schweineohr, um meine Einladungen zu verteilen. Aber das gibt sich wieder. Kati ist nie lange beleidigt, morgen ist sie wieder ganz die Alte. Im Gegensatz zu mir. Ich werde nie wieder die alte Zora sein, nicht solange Dieter das Stinktier bei mir ist.

Auf dem Heimweg mault er die ganze Zeit, dass ihm die Füße wehtun. Er hört erst damit auf, als ich ihn auf meinen Arm nehme, weil ich sein wehleidiges Gejammer nicht mehr ertragen kann.

»Warum hast du Anna und Leon die Einladungskarten gegeben?«, frage ich ihn.

»Die beiden taten mir leid und ich habe nun mal ein weiches Herz«, erklärt Dieter und beißt in das zweite Käsebrötchen vom Hausmeister.

»Ach, wirklich?«, frage ich spitz, und das tut mir sofort leid, weil er mir doch heute tatsächlich schon ein paar Mal geholfen hat. Einerseits. Anderseits war er heute auch schon ein paar Mal ziemlich unverschämt zu mir und anderen. Da war von seinem weichen Herz überhaupt nichts zu merken.

»So weich wie Butter an einem heißen Tag in der Sonne«, bestätigt Dieter schmatzend. »Wusstest du übrigens, dass Annas Vater krank ist?«

»Nein«, sage ich überrascht, weil ich davon keine Ahnung hatte. Anna sagt ja auch nie was.

»Auch sein Begleiter ist krank«, erklärt Dieter. »Er hat einen Flamingo, dem fallen schon die Federn aus, und rosa ist der schon lange nicht mehr.«

Anna tut mir plötzlich leid, und jetzt verstehe ich auch, warum sie immer so still ist.

»Und Leon hat es auch nicht ganz leicht«, erzählt Dieter weiter. »Nur weil er klüger ist als die anderen, will keiner was mit ihm zu tun haben. Der sitzt immer zu Hause mit seiner Ratte und baut ultrakomplizierte Maschinen aus Lego. Deswegen ist Jasper auch so überdreht, weil er nie rauskommt.«

»Ich dachte, Leon lernt die ganze Zeit«, sage ich.

»Braucht er doch gar nicht«, erwidert Dieter.

»Sagt ihm die Ratte alles vor? So wie du mir heute Morgen in Mathe?«

Dieter fängt an zu lachen, er kann gar nicht mehr aufhören.

»Jasper doch nicht! Für den ist zwei plus zwei gleich sieben. Nein, die Ratte sagt ihm die Lösungen nicht vor, zumindest nicht die richtigen. Das kann Leon ganz alleine. Aber sein Vater und seine Mutter werden ziemlich sauer, wenn er trotzdem mal eine Zwei schreibt. Er soll doch später die Fabrik seiner Eltern übernehmen. Die stellen Kloschüsseln her.«

»Woher weißt du das eigentlich alles?«, will ich von Dieter wissen.

»Das ist doch kein Geheimnis«, antwortet das Stinktier. »Könntest du auch alles wissen, wenn du sie einfach mal gefragt hättest.«

Ich komme mir plötzlich ganz schlecht vor, weil ich mich vorher wirklich nicht besonders für die beiden interessiert habe. Im Vergleich zu Anna und Leon geht es mir richtig gut. Ich habe zwei nette gesunde Eltern und nur eine Schwester, die ab und zu mal nervt.

»Die Ärmsten«, flüstere ich.

»Stimmt, die sind wirklich arm dran«, sagt Dieter. »Die haben ja auch kein tolles Stinktier, sondern eine aufgekratzte Ratte und ein verschnarchtes Faultier als Begleiter. Aber es kann ja auch nicht jeder so viel Glück haben wie du. Stimmt's oder habe ich recht?.«

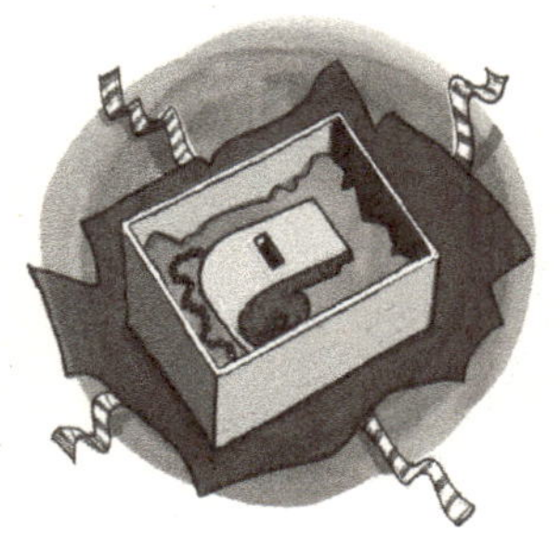

8. Alles nur Einbildung

Als ich mit Dieter zu Hause ankomme, ist Mama schon da. Sie hat heute im Büro früher Schluss gemacht, damit wir am Nachmittag gemeinsam meinen Geburtstag feiern können.

»Alles Schöne, Liebe und Gute wünsche ich dir«, sagt Mama und drückt mich ganz doll an sich. »Jetzt ist meine Kleine auch schon zehn.«

»Aua! Nicht so fest!«, brüllt Dieter, weil ich ihn immer noch auf dem Arm halte und er bei der Umarmung ein ganz klein bisschen gequetscht wird.

Aber das konnte Mama schließlich nicht wissen, die sieht mein Stinktier ja nicht. Die kann ja auch Omas Giraffe nicht sehen. Oma ist nämlich auch da und zwinkert mir und Dieter verschwörerisch zu. Genau wie ihre Giraffe, die ihren Kopf einziehen muss, weil unsere Decke für ihren langen Hals viel zu niedrig ist.

»Auch von mir alles Liebe zum Geburtstag«, sagt Oma, als Mama endlich aufgehört hat, mich an sich zu pressen.

Oma drückt mich auch, aber vorsichtiger und ohne Dieter dabei einzuquetschen.

»Jetzt ist unsere kleine Zora auch schon zehn«, wiederholt Mama und dabei werden ihre Augen ganz feucht. »Gar nicht mehr lang, dann ist sie mit der Schule fertig und wird uns verlassen.«

Ich verstehe nicht, warum Mama so traurig ist. So ein Geburtstag ist doch ein Tag, an dem man sich freuen soll. Na ja, zumindest dachte ich das, bevor Dieter heute Morgen auf meiner Bettdecke saß.

»Möchtest du deine Geschenke jetzt auspacken oder erst später, wenn Nora und Papa da sind?«, fragt Mama und wischt sich mit der Hand über ihre Augen.

»Jetzt sofort natürlich«, sage ich. »Aber können wir das draußen im Garten machen? Die Sonne scheint so schön.«

Eigentlich ist mir egal, wo ich meine Geschenke auspacke. Aber erstens müffelt Dieter hier drinnen immer noch ein bisschen und zweitens habe ich Mitleid mit Omas Giraffe. In unserem Wohnzimmer sieht sie aus wie eine zusammengeklappte Gartenliege.

»Von mir aus gerne«, sagt Mama und geht, um meine Geschenke zu holen.

»Das ist eine sehr gute Idee«, lobt Oma mich, als Mama aus dem Zimmer ist.

»Finde ich auch«, sagt ihre Giraffe. »Danke, Zora!«

»Ich will aber nicht raus«, motzt Dieter und springt von meinem Arm herunter. »Draußen ist es viel zu heiß.«

»Dann bleib doch drinnen, wenn es dir nicht passt«, erwidere ich.

»Ich will aber auch wissen, was für Geschenke wir kriegen«, erwidert Dieter.

»Wir?«, frage ich verwundert.

»Klar, wir gehören doch jetzt zusammen. Was deins ist, ist meins, und was meins ist, ist deins«, erklärt Dieter.

»Und was ist deins, was dann auch meins sein soll?«, will ich wissen.

Dieter muss lange nachdenken, aber es fällt ihm einfach nichts ein. Er hat ja auch nichts, was er mit mir teilen könnte. Mal abgesehen von seinen Sprüchen.

»Meine Weisheit, meine Klugheit und meine Großzügigkeit«, erklärt Dieter schließlich. Und ich befürchte, das meint Dieter wirklich ernst.

»Darauf kann ich gut verzichten«, antworte ich.

»Hört auf zu streiten, Kinder«, mischt Oma sich ein. »Ihr müsst ab heute miteinander auskommen. So wie Gertrud und ich. Wir sind jetzt schon seit fünfundsechzig Jahren glücklich zusammen. Nicht wahr, Gertrud?«

»In der Tat, aber können wir jetzt bitte raus gehen? Mein Nacken fühlt sich schon ganz steif an«, sagt Gertrud.

Ich öffne schnell die Tür, damit wir auf die Terrasse gehen können und Gertrud sich endlich wieder ausstrecken kann. Sie ist so groß, dass sie oben in unseren Schornstein reingucken könnte.

»Die kann den Kaffee aus der Dachrinne trinken«, sagt Dieter und fängt an zu kichern. »Wird dir nicht schwindelig und wie ist überhaupt die Luft da oben?«

»Hier oben stinkt es wenigstens nicht nach Stinktier«, erwidert Gertrud und das ist auch nicht besonders nett.

Die beiden streiten sich noch eine Weile, aber ich höre gar nicht hin, weil ich von Oma noch so viel wissen will.

Zum Beispiel, ob man seinen Begleiter bei Nichtgefallen auch umtauschen oder zurückgeben kann.

Doch bevor ich Oma fragen kann, kommt Mama schon raus auf die Terrasse. Sie hat ein großes Tablett in der Hand, auf dem meine Geschenke liegen.

»So, hier sind sie«, sagt Mama, dann wendet sie sich an Oma. »Die Geschenke hat Zora heute Morgen glatt vergessen, stell dir das mal vor.«

»Wundert mich gar nicht«, erwidert Oma. »Bei ihrem Vater war das an seinem zehnten Geburtstag genau dasselbe. Der hat seine Geschenke auch vergessen.«

»Hätte mir als Kind nicht passieren können«, sagt Mama. Sie kann es gar nicht erwarten, dass ich meine Geschenke auspacke. Ganz hibbelig steht sie neben mir, als ich nach dem ersten Päckchen greife. Es ist grün und hat ungefähr die Größe eines Handys.

Es ist aber dann doch kein Telefon drin, sondern nur ein Kartenspiel. In den anderen Paketen ist auch kein Handy, dafür aber ein Malen-nach-Zahlen-Set, drei Paar Socken, ein Gutschein fürs Kino, neue Rollschuhe, zwei Bücher, die ich mir schon lange gewünscht habe, und eine Packung mit vielen bunten Filzstiften.

Als ich fertig ausgepackt habe, reicht Oma mir noch ein kleines Päckchen, das in rotes Papier mit weißen Punkten eingepackt ist.

»Was ist das?«, frage ich neugierig.

»Das wirst du schon sehen, wenn du es ausgepackt hast«, antwortet Oma.

Unter dem Papier kommt eine kleine Schachtel zum Vorschein. Als ich sie öffne, liegt darin eine kleine hellblaue Trillerpfeife.

»Oh, eine Pfeife«, sagt Mama überrascht.

Sie kann sich anscheinend genauso wenig erklären wie ich, warum Oma mir eine Pfeife schenkt, wo ich doch gar keine Schiedsrichterin werden möchte. Ich habe nicht mal einen Hund, den ich damit rufen könnte. Noch nicht, aber vielleicht …

»Kriege ich einen Hund?«, frage ich Oma aufgeregt.

Es könnte ja sein, dass die Pfeife nur so eine Art Symbol ist. Als ich vor zwei Jahren zu Weihnachten ein Fahrrad bekommen habe, lag da auch nur eine Klingel unterm Tannenbaum, weil das Rad in der Garage stand.

»Wozu brauchst du denn bitte schön einen Hund?«, unterbricht Dieter für einen Moment seinen Streit mit Gertrud. »Du hast doch mich!«

Aber Oma schüttelt sowieso schon den Kopf und sagt: »Nein, kein Hund. Aber vielleicht kannst du sie trotzdem gebrauchen.«

»Ich hole mal den Kuchen«, sagt Mama und verschwindet im Haus. »Dein Vater muss auch gleich kommen, bei Nora wird es später, die hat noch Karate.«

Ich halte die Pfeife an den Mund und blase einmal kräftig hinein. Im selben Moment ertönt ein leiser heller Ton, der irgendwie nach hauchdünnen Silberfäden klingt, die sich im Wind berühren.

»Und nun?«, frage ich Oma, weil überhaupt nichts passiert.

»Abwarten«, sagt sie. »Die habe ich von meinem Vater zu meinem zehnten Geburtstag bekommen. Zusammen mit Gertrud.«

»Aber wozu ist die gut?«, hake ich nach.

»Blas noch einmal rein«, fordert Oma mich auf, und das tue ich dann auch.

In dem Augenblick kommt auch schon Mama zurück. Auf dem Tablett, auf dem eben noch meine Geschenke lagen, bringt sie jetzt einen Käsekuchen, Gläser, Teller, Gabeln, eine Flasche Traubensaft, eine Kanne Kaffee und drei Tassen in den Garten.

»Übrigens, Zora. Weil du Geburtstag hast, will ich mal nichts sagen. Ausnahmsweise«, erklärt Mama, als sie auf die Terrasse kommt. »Aber mit deinem Geburtstagskuchen hast du heute Morgen in deinem Bett eine ganz schöne Schweinerei veranstaltet. Schwamm drüber. Ich habe dir einen neuen Kuchen gebacken. Käsekuchen, den magst du doch so ger...«

Weiter kommt Mama nicht, weil sie laut zu schreien anfängt. Zuerst kann ich gar nicht verstehen, was sie da brüllt. Erst bei der dritten Wiederholung bin ich mir ziemlicher sicher, dass sie »Ein Stinktier!« schreit.

Vor Schreck schmeißt sie das Tablett in die Höhe. Der Kuchen, der Saft, der Kaffee und das Geschirr segeln durch die Luft und landen schließlich auf den Fliesen unserer Terrasse. Es gibt eine riesige Schweinerei, und nur in letzter Sekunde kann ich einer Kuchengabel ausweichen, die knapp an meinem Ohr vorbeizischt.

»Das bildest du dir nur ein«, sagt Oma und zwinkert mir dabei wieder verschwörerisch zu.

»Aber es war da! Es saß unter Zoras Stuhl! Ich habe es mit eigenen Augen gesehen«, sagt Mama und zeigt auf Dieter.

»Und? Ist es jetzt immer noch da?«, fragt Oma vorsichtig.

»Nein, jetzt ist es weg«, antwortet Mama und lässt sich auf unsere Hollywoodschaukel fallen.

Aber das stimmt natürlich nicht. Dieter ist immer noch da und macht sich über den Käsekuchen her, der auf dem Boden gelandet ist. Mama kann ihn nur einfach nicht mehr sehen und das muss irgendetwas mit dieser Pfeife zu tun haben.

»Du arbeitest zu viel, meine Liebste«, sagt Oma. »Bleib du einfach mal sitzen, Zora und ich räumen das Chaos hier auf.«

Das machen Oma und ich dann auch, während Mama auf unserer Hollywoodschaukel hockt und sich einfach nicht erklären kann, was da gerade passiert ist.

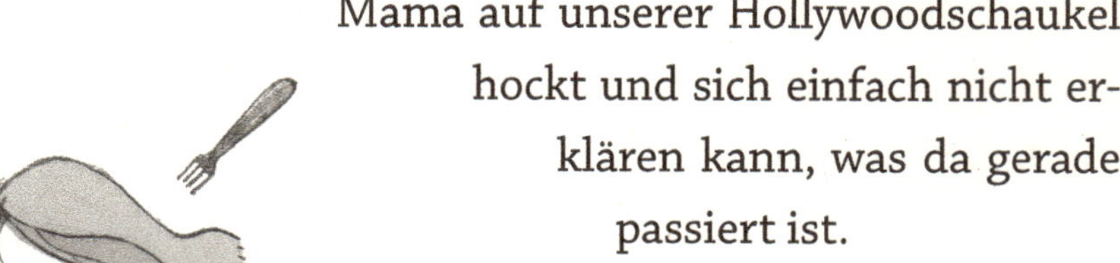

Genauso wenig wie ich.

Die Einzigen, die das überhaupt nicht zu interessieren scheint, sind Dieter, der immer noch den Käsekuchen von den Fliesen schlabbert, und Gertrud, die im Garten ein paar Blätter von den hohen Bäumen abzupft.

»Was war denn da gerade los? Warum konnte Mama Dieter sehen?«, frage ich Oma, als wir die Scherben in die Küche bringen.

»Mit der Pfeife kann man seinen Begleiter sichtbar machen«, erklärt Oma. »Das klappt aber nur für ein paar Sekunden. Gertrud und ich haben damit schon viel Spaß gehabt. Und das werdet ihr beiden auch haben.«

»Ich hätte viel lieber Spaß mit einem Einhorn oder wenigstens einem Flamingo, aber doch nicht mit einem Stinktier! Kann ich das nicht irgendwie umtauschen?«

»Das geht leider nicht, du wirst dich schon mit ihm anfreunden müssen«, antwortet Oma und holt neues Geschirr aus dem Küchenschrank. Aber keine Sorge, man gewöhnt sich an alles.«

Das habe ich so ähnlich heute schon von Papa und Nora gehört, was die Sache aber nicht besser macht.

»Was ist denn hier passiert?«, will Papa wissen.

Ich habe ihn gar nicht kommen hören, aber plötzlich steht er mit seinem Eisbären hinter uns.

»Zora hat die Pfeife ausprobiert und deine Frau hat sich ein bisschen erschrocken«, erklärt Oma.

»Du hast ihr die Pfeife geschenkt?«, fragt Papa. »Ich durfte die nie haben!«

»Du hast ja auch einen Eisbären und kein Stinktier«, erklärt Oma. »Nachdem du es mir heute Morgen am Telefon erzählt hast, dachte ich, Zora könnte ein bisschen Trost gut gebrauchen.«

Ich verstehe das Gespräch zwischen den beiden nicht. Worin soll der Vorteil liegen, wenn jeder Dieter sehen kann? Dann lachen doch in der Schule alle über mich, nicht nur Jessica und Lili.

Aber weder Oma noch Papa wollen mir das erklären. Stattdessen fährt Papa schnell zum Bäcker, um neuen Kuchen zu holen, weil Dieter mittlerweile den ganzen Käsekuchen aufgefuttert hat. Das sehe ich, als ich mit neuen Tellern in den Garten komme.

Mama liegt noch immer auf der Hollywoodschaukel. Sie starrt in den Himmel und fragt sich bestimmt, ob sie sich das Stinktier nur eingebildet hat oder ob es wirklich da war.

Ich würde ihr gerne die Wahrheit sagen, weiß aber nicht wie. Außerdem ist das Papas Sache. Er kennt Mama schließlich schon viel länger als ich und hat ihr noch nie was von Lasse erzählt.

9. Lege dich nie mit einem Stinktier an

Abends in meinem Bett kann ich wieder nicht einschlafen. Gestern lag ich wach, weil ich so aufgeregt war wegen meines Geburtstags. Heute kann ich nicht schlafen, weil mir wegen Dieter immer noch so viele Sachen durch den Kopf gehen.

Das Stinktier hat sich zu meinen Füßen zusammengerollt und schnarcht auf meiner Bettdecke. Das ist überhaupt das einzig Gute an ihm, dass er so viel pennt. Und dass er schön warm ist, da kriege ich keine kalten Füße.

Nebenan skypt Nora wieder mit ihren Freundinnen oder sie quatscht mit Mathilde, ihrem Zebra, über den süßen Louis. Vielleicht hat sie ja auch schon früher immer mit Mathilde geredet, und ich dachte nur, sie würde mit ihren Freundinnen telefonieren. Bis heute wusste ich ja auch noch nicht, dass bei meiner Schwester im Zimmer ein Zebra wohnt.

Schon verrückt, wie sich mein ganzes Leben innerhalb eines Tages komplett geändert hat.

Ich höre Papa, wie er die Treppe hochläuft. Aber im Gegensatz zu gestern geht er nicht erst zu Nora, sondern kommt direkt zu mir.

»Wo ist Lasse?«, frage ich, weil der Eisbär nicht an Papas Seite ist.

»Der ist unten bei Mama und guckt einen Liebesfilm im Fernsehen«, antwortet Papa und lehnt sich an den Türrahmen.

»Wenn Mama wüsste, wer da gerade neben ihr auf dem Sofa sitzt«, sage ich und muss kichern.

»Besser nicht«, erwidert Papa.

»Warum hast du es ihr nie gesagt?«, will ich wissen, obwohl ich das schon mal gefragt habe.

»Schlechte Erfahrungen«, sagt Papa. »Ich habe damals in der Schule ein paar Mal von Lasse erzählt, aber keiner hat mir geglaubt. Der Direktor wollte mich sogar in ein Heim bringen. Zum Glück wusste deine Oma ja, was los ist. Sie hat dem Direktor gesagt, ich hätte einfach ein bisschen viel Fantasie. Und dann hat sie mir den Rat gegeben, besser nicht über Lasse zu reden. Das habe ich dann auch getan. Außerdem hatte ich die da ja auch nicht.« Papa zeigt auf die Pfeife, die auf meinem Nachttisch liegt.

»Hättest du die manchmal gerne gehabt?«, frage ich.

»Klar, immer wenn die anderen behauptet haben, dass ich lüge.«

»Hattest du denn keine anderen Kinder mit Begleitern in deiner Schule?«

»Doch, aber die haben ebenfalls lieber den Mund gehalten«, sagt Papa. »Die wollten auch nicht für verrückt gehalten werden.«

»Mama hätte das bestimmt nicht getan.«

»Die habe ich ja erst viel später kennengelernt. Da

hatte ich längst gelernt, niemandem von Lasse zu erzählen.«

»Ich glaube, sie hätte dich trotzdem lieb. Und Nora und mich auch.«

»Schon möglich«, erwidert Papa ausweichend. »Und an deiner Schule?«

»Was?«, frage ich zurück, weil ich Papas Themenwechsel so schnell nicht folgen kann.

»Ob es an deiner Schule auch Kinder mit Begleitern gibt?«

»Ja, Jessica hat ein Einhorn und Lili einen Fuchs«, sage ich.

»Das ist doch schön, mit denen wolltest du doch sowieso befreundet sein«, sagt Papa.

Und dann erzähle ich ihm alles. Wie gemein die beiden waren und das Einhorn und der Fuchs auch.

Und dass sie sich über mich und Dieter lustig gemacht haben.

Und dass sie mich nicht in ihre Clique aufnehmen wollen.

Und dass ich nicht zu ihrer Party darf.

Und dass sogar unser Hausmeister, Herr Krausewitz, mit seinem eitlen Pfau einen besseren Begleiter hat als ich.

»Und meine Einladung in den Kletterpark haben sie auch ausgeschlagen«, sage ich.

»Euer Hausmeister und sein Pfau?«, fragt Papa verwundert.

»Nein, Jessica und Lili«, antworte ich und jetzt fange ich tatsächlich an zu weinen. In der Schule hatte ich mir das noch verkneifen können, doch jetzt geht das nicht mehr.

Papa will zu mir ans Bett kommen, um mich zu trösten. Aber irgendetwas hält ihn auf. Er steckt die Finger in den Mund und pfeift. Kurz darauf setzt er sich auf meine Bettkante und nimmt mich in die Arme.

»Warum hast du gerade gepfiffen?«, frage ich mit verheulter Stimme.

»Damit Lasse vom Sofa springt. Er war zu weit weg, deswegen konnte ich nicht zu dir.«

»Gestern Abend ging das doch auch«, schniefe ich.

»Da war er ja auch bei mir, du konntest ihn nur noch nicht sehen. Er mag keine Krimis im Fernsehen, da ist er mit zu euch raufgekommen. Liebesfilme sind ihm lieber«, erklärt Papa und streicht mir tröstend über den Kopf. »Meine arme Große! Wer kommt denn dann zu deinem Geburtstag, wenn Jessica und Lili nicht wollen?«

»Kati natürlich«, schniefe ich.

»Und sonst niemand?«

»Doch, Leon und Anna«, sage ich. »Die haben auch Begleiter.«

»Na, wer sagt es denn! Hast du also doch schon ein paar Freunde gefunden«, freut sich Papa. »Was für Tiere haben die beiden denn?«

»Eine Ratte und ein Faultier«, sage ich.

»Oh!«, sagt Papa.

»Die wollen eine Bande gründen und sich der Club der doofen Tiere nennen«, erkläre ich und klinge dabei schon nicht mehr ganz so verheult. »Ist das nicht eine saudoofe Idee?«

»Na ja, ein Schwein ist doch gar nicht dabei«, versucht Papa einen Witz, über den ich überhaupt nicht lachen kann. »Nur ein Faultier, eine Ratte und ein Stinktier, wenn ich das richtig verstanden habe. Das klingt doch gar nicht mal so übel.«

»Ich will aber nicht bei einer Bande mitmachen, die der Club der doofen Tiere heißt«, sage ich laut und wecke damit Dieter auf.

»Könnt ihr zwei mal die Klappe halten?! Wie soll man denn da schlafen?«, brummt Dieter. »Außerdem heißt es der Club der super Tiere!«

»Vielleicht ist der Name ja doch ganz treffend«, sagt Papa und betrachtet nachdenklich das Stinktier, das schon wieder zu schlafen scheint.

Dann steht er auf und gibt mir noch einen Kuss auf die

Stirn. »Ich gehe noch mal nach Nora gucken, am besten du schläfst jetzt, meine Große.«

Papa ist schon raus, als ich ihm hinterherrufe: »Du solltest es Mama doch sagen!«

»Ist hier jetzt endlich mal Ruhe! Bei dem Lärm kann ja kein Stinktier schlafen!«, brüllt Dieter.

Papa tut so, als hätte er mich und Dieter gar nicht gehört. Stattdessen pfeift er nach Lasse, damit der Eisbär noch ein bisschen näher an die Treppe kommt und Papa in Noras Zimmer gehen kann.

Durch die dünne Wand kann ich hören, dass er und Nora streiten, verstehe aber leider nicht, worum es geht. Ich vermute, Nora erzählt Papa, dass wegen mir ihr Handydisplay einen Sprung bekommen hat. Vielleicht ist Nora aber auch nur wütend, weil Papa zuerst bei mir war und dann erst zu ihr gegangen ist. Das macht er sonst nämlich immer umgekehrt. Aber ich hatte ja sowieso schon vermutet, dass sie ein bisschen eifersüchtig ist auf Dieter, auch wenn er nur ein Stinktier ist.

Am nächsten Morgen ist Nora immer noch sauer.

»Bleibt mindestens zehn Meter hinter mir, du und dein stinkender Käse auf vier Beinen«, faucht sie mich an, als wir uns auf den Weg zur Schule machen.

»Das stinkt uns nämlich zu sehr«, schnaubt Mathilde.

»Phh«, macht Dieter. »Wir gehen sowieso lieber alleine, nicht wahr, Zora?«

Ich nicke nur, obwohl das gar nicht stimmt. Viel lieber würde ich mit Nora gehen und mich wieder mit ihr vertragen.

»Was für eine eingebildete Ziege«, schimpft Dieter neben mir. »Und ihr fettes Zebra ist auch nicht viel besser. Deine Schwester kann nur froh sein, dass es niemand sehen kann. Sonst würden die Leute alle denken, Mathilde wäre ein Zebrastreifen.«

Obwohl ich gar nicht will, muss ich kichern. Ich stelle mir das nämlich gerade vor: Mathilde als Zebrastreifen und wie alle über sie drüberlaufen.

»Zebrastreifen! Zebrastreifen!«, brüllt Dieter Mathilde hinterher.

Aber weder ihr Zebra noch Nora drehen sich nach uns um. Sie tun einfach so, als wären Dieter und ich gar nicht da.

Das liegt ganz sicher auch daran, dass Louis gerade aus seinem Haus kommt. Das ist der Augenblick, auf den Nora so sehnlichst gewartet hat. Ich kann sogar von hinten sehen, wie aufgeregt sie ist. Louis grüßt meine Schwester und spricht mit ihr. Was genau, weiß ich nicht, weil ich noch zu weit weg bin.

»Das ist ja ein richtiger Spargeltarzan«, sagt Dieter.

»Spargeltarzan?«, frage ich überrascht.

»Sagt man das nicht so?«, fragt Dieter zurück.

»Vor hundert Jahren vielleicht«, antworte ich, obwohl Dieter recht hat. Louis sieht wirklich aus wie ein Spargeltarzan, weil er so dünn ist. Keine Ahnung, was meine Schwester an dem so süß findet. Ich finde den überhaupt nicht süß, und das liegt nicht nur daran, dass er ein Junge ist. Louis hat eine Baseballkappe auf dem Kopf. Die trägt er aber nicht gerade, wie jeder normale Mensch, sondern quer, und das sieht ziemlich blöde aus.

»Das wird lustig, pass auf!«, sagt Dieter, als er und ich die beiden fast erreicht haben. »Bleib einfach ein Stückchen vor mir und achte darauf, wie der Wind steht, dann passiert dir nichts.«

»Was hast du vor?«, flüstere ich, obwohl ich schon ahne, was er plant.

»Das wirst du schon riechen«, sagt Dieter geheimnisvoll. »Sag einfach irgendwas Freches, das sie ärgert. Das lenkt sie von mir ab.«

»Aber was soll ich denn sagen?«

»Lass dir was einfallen, du dummes Ding! Ich kann mich schließlich nicht um alles kümmern.«

Nora und Louis stehen auf dem Bürgersteig und unterhalten sich über das schöne Wetter. Das ist ziemlich langweilig, und ich bin mir sicher, dass meine Schwester lieber auch über spannendere Sachen reden würde. Aber das traut sie sich nicht, und dass sie ihn voll süß findet, kann sie Louis ja schlecht sagen.

Das kann nur ich.

»Na, heute schon geküsst?«, frage ich, als ich an den beiden vorbeigehe. »Keine Ahnung warum, aber Nora findet dich voll süß. Wusstest du das schon?«

Nora versucht mir in den Hintern zu treten. Auch Mathilde schlägt mit ihren Hufen nach mir aus. Die beiden treffen mich aber nicht, weil ich schnell einen Satz nach vorne mache.

»Wer war das denn?«, fragt Louis breit grinsend.

»Niemand, nur meine kleine nervige Schwester mit ihrem …« Nora unterbricht den Satz, weil sie Louis ja schlecht von Dieter erzählen kann. Dann müsste sie ihm auch sagen, dass sie von einem Zebra begleitet wird, und das fände Louis bestimmt ziemlich merkwürdig.

Ich laufe sicherheitshalber noch ein paar Meter weiter, um den Abstand zwischen mir, Nora und ihrem Zebra zu vergrößern. Dieter ist bei den beiden Turteltäubchen stehen geblieben. Ich schaue, woher der Wind kommt. Der weht mir direkt von vorne ins Gesicht und das ist gut so. Ich ahne nämlich schon, was Dieter vorhat, und ich habe nicht die geringste Absicht, ihn daran zu hindern.

Mathilde scheint das auch zu ahnen.

»Wage es bloß nicht, sonst …« Weiter kommt das Zebra nicht, weil plötzlich ein leises Zischen ertönt.

Ich habe das schon mal gehört, gestern, als ich bei Jessica und Lili stand.

Im nächsten Moment fängt es fürchterlich an zu stinken, und ich bin heilfroh, dass der Wind den Gestank nicht in meine Richtung weht. Dafür erwischt es Louis, Nora und Mathilde.

Louis hält sich die Nase zu und guckt meine Schwester entsetzt an. Nora wird rot wie ein Feuerwehrauto. Wahrscheinlich denkt sie, dass Louis denkt, dass sie gerade einen Megapups losgelassen hat. Und ich an seiner Stelle würde das ganz sicher auch denken.

1Ø. Auf der Flucht

»Wenn ich dich und dein blödes Stinktier erwische!«, brüllt Nora uns hinterher, als Dieter und ich schnell weglaufen.

Sie ist so sauer, dass es ihr jetzt völlig egal ist, was Louis von ihr denkt. Der kann Dieter ja gar nicht sehen. Der muss doch glauben, dass Nora nicht nur in aller Öffentlichkeit pupst, sondern auch völlig durchgeknallt ist, weil sie von Stinktieren erzählt, die gar nicht da sind.

Mathilde ruft auch irgendwas, aber das kann ich nicht verstehen, weil ich schon zu weit weg bin.

Erst hinter der nächsten Ecke bleiben Dieter und ich stehen und lachen uns kaputt. Das Stinktier und ich kriegen einen richtigen Lachkrampf. Immer wenn ich aufhören will, brauche ich ihn nur anzuschauen und muss gleich wieder losprusten. Dieter geht es genauso. Er ist vielleicht nicht der coolste Begleiter, den man sich vorstellen kann, aber dafür hat man mit ihm eine Menge Spaß, denke ich, und das versöhnt mich ein bisschen mit der Vorstellung, mein Leben lang ein Stinktier an meiner Seite zu haben.

Auf dem Schulhof wartet Kati schon auf mich. Von Jessica und Lili ist nichts zu sehen und darüber bin ich ehrlich gesagt ziemlich froh.

»Und? Bist du jetzt in Jessicas Clique?«, fragt Kati, weil ich ihr gestern gar nicht erzählen konnte, was auf dem Schulhof passiert ist. Da war sie noch beleidigt und eine Nachricht schicken konnte ich ihr auch nicht. Wir haben beide ja noch keine Handys.

»Nein, sie will mich nicht dabeihaben und zu ihrer Party lädt sie mich auch nicht ein«, antworte ich.

»Echt?« Kati sieht mich an, als würde sie sich darüber freuen.

»Findest du das etwa gut?«

»Möchtest du eine ehrliche Antwort?«, fragt Kati.

Ich nicke.

»Ich finde das sogar sehr gut.« Kati strahlt mich an. »Sonst hättest du doch gar keine Zeit mehr für mich gehabt.«

»Ich finde es auch gut«, sage ich. »Ich wollte da sowieso nicht hin, und außerdem ist Jessica eine blöde Zicke und ihr Einhorn …«

Das mit dem Einhorn ist mir so rausgerutscht.

»Was denn für ein Einhorn?«, fragt Kati überrascht.

»Ach. Sie hat so ein rosa Spielzeugeinhorn, auf das sie voll stolz ist«, schwindele ich.

»Echt wahr? Hätte ich gar nicht gedacht, dass die noch mit Einhörnern spielt. Die tut doch immer so erwachsen.«

»Ich sage ja, die ist blöd, und voll eingebildet ist sie auch.«

»Und total wütend auf dich. Genau wie Lili«, ergänzt Kati. »Was hast du denen denn gestern eigentlich getan?«

»Ich? Gar nichts«, antworte ich und das stimmt ja auch.

»Von wegen gar nichts«, kichert das Stinktier.

»Ich habe nichts gemacht, das warst allein du«, zische ich Dieter zu.

»Vorsicht, Frolleinchen! Ich habe das nur für dich getan«, faucht Dieter.

»Ich habe dich aber nicht darum gebeten«, fauche ich zurück.

»Mit wem redest du denn da schon wieder?«, will Kati wissen. »Seit gestern bist du irgendwie ganz komisch. Und ehrlich gesagt riechst du auch ein bisschen … streng.«

Für einen Moment überlege ich, ob ich Omas Pfeife benutzen soll, um meiner besten Freundin alles zu erklären. Aber das würde es nur noch viel komplizierter machen.

Kati hätte bestimmt ganz viele Fragen, auf die ich keine Antworten wüsste, weil ich ja selber noch so viele Fragen habe.

»Das ist weil … weil …« Mitten im Satz breche ich ab, weil ich mich doch nicht traue.

»Wusste ich doch, dass du zu feige bist, ihr die Wahrheit zu sagen«, stichelt Dieter.

»Bin ich nicht«, antworte ich und taste in meiner Jackentasche nach Omas Pfeife.

»Du hast es schon wieder getan«, sagt Kati.

»Was denn?«, frage ich.

»Mit dir selber gesprochen«, erwidert Kati. »Du bist echt seltsam geworden, Zora. Leon erzählt überall rum, du hättest ihn zu deiner Geburtstagsfeier heute Nachmittag eingeladen. Hast du dich etwa in den verknallt? Ich dachte, du findest Jungs genauso blöd wie ich.«

»Tu ich ja auch!«

»Und warum lädst du den dann ein?«

Das laute Schrillen unseres Schulgongs rettet mich vor einer Antwort. In der ersten Stunde haben wir Herrn Schwarm und da will ich auf keinen Fall zu spät kommen. Nicht, weil Herr Schwarm so streng ist wie Frau Gemetzel, sondern weil sein Unterricht so toll ist. Davon will ich keine Sekunde verpassen.

Außerdem gibt es noch einen anderen Grund, so schnell wie möglich vom Schulhof zu verschwinden. Genau genommen gibt es sogar zwei. Von der einen Seite kommen nämlich Nora und Mathilde – ganz allein und ohne Louis –, und von der anderen Seite nähern sich Jessica und Lili mit ihrem Einhorn und ihrem Fuchs.

»Die sollen ruhig kommen«, knurrt Dieter neben mir. »Ich habe noch eine ganze Ladung Stinkbomben dabei.«

Auf Dauer ist das auch keine Lösung. Ich kann ja nicht den Rest meines Lebens in einer stinkenden Schutzzone leben und irgendwann haben sich Nora, Jessica und Lili sowieso an den Gestank gewöhnt. Dann nützen Dieters Stinkattacken ihm gar nichts mehr und mir auch nicht.

»Lass uns reingehen«, sage ich zu Kati, die Jessica und Lili jetzt auch entdeckt hat.

Kati kommt einfach hinter mir her, ohne weitere Fragen zu stellen. Das ist so bei guten Freundinnen. Die vertrauen sich einfach. Die sagen sich auch immer die Wahrheit.

Bei dem Gedanken werde ich rot, aber das sieht Kati zum Glück nicht. Und außerdem ist das mit der Wahrheit ja auch gar nicht so leicht, wie Dieter tut. Papa hat sich bis heute nicht getraut, Mama von Lasse zu erzählen, obwohl die beiden schon ganz lange verheiratet sind. Viel länger jedenfalls, als ich Kati kenne.

Nora und Mathilde scheinen es überhaupt nicht eilig zu haben, mich zu erwischen. Kein Wunder, die wissen ja, dass sie sich spätestens heute Abend bei uns zu Hause an mir rächen können.

Dafür sprinten Jessica und Lili sofort los. Und ihr Einhorn und ihr Fuchs natürlich auch. Die sind auch viel schneller als die beiden Mädchen. Aber das nützt ihnen nichts, weil sie sich ja nur fünf Meter von Jessica und Lili entfernen können.

Bei Dieter und mir ist das umgekehrt. Ich bin schneller als mein Stinktier und deswegen brüllt Dieter schon nach ein paar Metern: »Du musst mich tragen! Oder willst du etwa, dass ich von dem Fuchs gefressen oder von dem Einhorn aufgespießt werde!«

Für einen kurzen Moment ist das tatsächlich eine verführerische Vorstellung. Und vielleicht ist das die einmalige Chance, ihn und alle Probleme, die ich seit gestern habe, wieder loszuwerden. Immerhin ist er schuld daran, dass jetzt ein Einhorn und ein Fuchs hinter mir her sind. Von Jessica, Lili und dem Ärger mit Nora und ihrem Zebra ganz zu schweigen.

»Lass mich nicht zurück. Das kannst du mir nicht antun!«, ruft mir Dieter hinterher. »Du und ich, wir gehören doch zusammen! Wir sind doch ein Team!«

Ich drehe mich um und schaue in seine großen runden schwarzen Augen, die mich flehentlich anschauen. Und selbstverständlich bringe ich es dann doch nicht übers Herz, Dieter zurückzulassen. Ich laufe schnell zu ihm, gehe in die Knie und nehme ihn auf den Arm.

»Was machst du da? Willst du, dass die beiden dich kriegen?« Kati ist ebenfalls stehen geblieben und schaut mich fragend an.

»Ich musste mir nur kurz den Schnürsenkel zubinden. Der ist aufgegangen«, flunkere ich und bemerke im selben Moment, dass ich heute Morgen Sandalen angezogen habe.

Ich hoffe, dass Kati das nicht sieht, sonst hält sie mich endgültig für total verrückt.

»Mir können das Horn oder die Zähne doch nichts anhaben, oder?«, frage ich Dieter, nachdem ich wieder aufgestanden bin und weiterlaufe.

»Kannst du mich fühlen?«, fragt das Stinktier auf meinem Arm zurück.

»Klar«, antworte ich, weil ich seinen schnellen Herzschlag sogar durch sein dickes schwarz-weißes Fell und meine Jacke spüre.

»Dann kannst du auch das spitze Horn und die scharfen Zähne fühlen«, erwidert Dieter. »Also hör auf dumme Fragen zu stellen und gib lieber ein bisschen Gummi.«

Es ist jetzt nur noch ein Treppenabsatz, der mich von unserem Flur trennt. Und von dort ist es gar nicht mehr weit, bis ich in unserer Klasse und in Sicherheit bin.

Ich drehe mich noch einmal um. Trotz meiner kurzen Pause sind das Einhorn und der Fuchs nicht näher gekommen. Im Gegenteil, der Abstand ist sogar wieder etwas größer geworden. Das liegt aber nicht an den beiden, sondern an Jessica und Lili, die schon nach wenigen Metern schlappgemacht haben. Das haben sie jetzt davon, dass sie in den Pausen nie mit uns Fangen und Fußball spielen, weil ihnen das zu kindisch ist.

Aus lauter Wut, dass er mich und Dieter nicht erreichen kann, fletscht der Fuchs seine Zähne. Ich kann in seinen funkelnden Augen sehen, dass er sich am liebsten auf Dieter und mich stürzen würde, um sich für die gestrige Stinkattacke zu rächen. Auch das Einhorn schnaubt wütend und wirbelt drohend mit seinem Horn in der Luft herum.

Ich gehe auf Nummer sicher und gebe noch mal ordentlich Gas. Als ich den obersten Treppenabsatz erreiche, renne ich deswegen mit vollem Karacho in Herrn Schwarm, unseren Deutschlehrer.

Wir landen beide auf dem Fußboden. Dabei verliert

Herr Schwarm die Hefte, die er unterm Arm hatte, und ich Dieter. Das Stinktier schliddert über die gebohnerten Dielen des Flurs, bis es gegen die Tür von unserem Klassenzimmer knallt.

»AUA! Kannst du nicht aufpassen!«

Das brüllt natürlich Dieter und nicht mein Deutschlehrer. Ich hatte ja schon gesagt, dass Herr Schwarm furchtbar nett ist. Er hilft mir sogar beim Aufstehen, und erst jetzt bemerke ich, dass neben ihm nicht nur Kati, sondern auch ein großer weißer Wolf steht.

»Was habt ihr beiden Mädels es denn so eilig?«, fragt Herr Schwarm. »Habt ihr ein Rendezvous?«

Weil ich immer noch wie blöd den weißen Wolf anstarre und kein Wort sage, antwortet Kati für mich: »Ganz bestimmt nicht, Zora und ich halten Jungs nämlich alle für blöd.«

»Oh, gilt das auch für mich?«, erkundigt sich Herr Schwarm und grinst.

»Natürlich nicht«, sage ich schnell, denn Herr Schwarm ist ja wirklich nicht blöd. Er ist ja aber auch kein Junge, sondern unser Lieblingslehrer, und einen coolen Begleiter hat er noch dazu.

»Dann ist ja gut.« Herr Schwarm schaut zu Dieter rüber, dann schaut er mich an und hebt anerkennend den Daumen, aber so unauffällig, dass nur ich das sehen kann und Kati nicht. Es dauert einen Moment, bis ich kapiere, dass er mit dem ausgestreckten Daumen Dieter meint.

Herr Schwarm findet mein Stinktier cool!

Zum Glück hat Dieter das nicht gesehen, sonst würde er sich bestimmt tierisch etwas darauf einbilden.

11. Klug und schön wie ein Stinktier

»Schön, dass ihr auch schon kommt«, sagt Herr Schwarm, als Jessica und Lili schwer keuchend den Treppenabsatz erreichen. Das Einhorn und der Fuchs fauchen immer noch böse, trauen sich aber nicht, sich auf mich oder Dieter zu stürzen. Sie haben Angst vor dem weißen Wolf, der die beiden mit gesträubtem Fell anknurrt.

»Wir haben uns extra beeilt«, schleimt Jessica. »Damit wir nicht zu spät zu Ihrer Stunde kommen.«

Und Lili ergänzt genauso schmierig: »Deutsch ist ja schließlich unser Lieblingsfach.«

Herr Schwarm sammelt seine Hefte vom Boden auf und lächelt nur mitleidig, weil er ihnen das natürlich genauso wenig glaubt wie ich.

»Ihr kleinen feigen Schisser!«, zischt der Fuchs mir und Dieter zu. »Irgendwann kriegen wir euch.«

»Rolf kann euch schließlich nicht Tag und Nacht beschützen«, sagt das Einhorn und jetzt weiß ich auch den Namen von Herrn Schwarms Begleiter. Sein Wolf heißt Rolf.

»Pah! Das haben wir gar nicht nötig, nicht wahr, Zora?« Dieter humpelt über den Flur zu mir herüber. Er scheint sich bei dem Zusammenprall mit der Tür sein rechtes Hinterbein verletzt zu haben. Aber so schlimm kann es nicht sein, weil er dem Einhorn die Zunge rausstreckt und laut verkündet: »Komm doch, wenn du dich traust. Ich mache dir einen Knoten in deinen rosa Besenstiel!«

Ich bezweifle, dass Dieter so frech wäre, wenn Rolf nicht in der Nähe wäre. Der weiße Wolf sagt kein Wort, sondern stößt nur ein weiteres Knurren aus. Danach halten alle den Mund. Auch Dieter, der stattdessen anfängt leise zu jammern, weil ihm plötzlich sein Bein so wehtut.

Kati guckt irritiert. Natürlich hat sie mitbekommen, dass hier irgendwas Merkwürdiges vor sich geht. Kati ist ja nicht doof. Ich kann die riesigen Fragezeichen in ihrem Kopf regelrecht sehen, als wir zusammen mit Herrn Schwarm das Klassenzimmer betreten.

Leon und seine Ratte winken mir zu, so als wenn wir schon seit dem Kindergarten die dicksten Freunde wären. Annas Faultier hängt an ihrem Oberarm und schläft mal wieder. Anna nickt mir nur kurz zu, aber das bedeutet bei ihr quasi dasselbe wie das hektische Armwedeln bei Leon.

»Sag jetzt nicht, die kommt auch zu deinem Geburtstag?«, flüstert Kati mir zu, als wir zu unseren Plätzen gehen.

»Wer?«, frage ich zurück, obwohl ich natürlich genau weiß, wen Kati meint.

»Na, die stumme Anna«, sagt Kati. »Die hat dir doch gerade zugenickt. Das hat die doch noch nie gemacht.«

»Sie tat mir leid«, erwidere ich.

»Wieso das denn?«

»Weil sie immer so alleine ist«, schwindele ich. Anna ist ja nun wirklich nie alleine, weil ihr Faultier ständig an ihrem Oberarm hängt und sich von ihr herumtragen lässt. »Außerdem ist ihr Vater krank.«

»Deswegen musst du sie ja nicht gleich zu deinem Geburtstag einladen. Das reicht ja wohl, wenn du sie mal nach der Uhrzeit fragst.« Kati schüttelt verständnislos den Kopf, sagt dann aber nichts mehr. Kann sie auch nicht, weil Herr Schwarm jetzt mit dem Unterricht anfängt. Rolf hat sich zu seinen Füßen auf den Boden gelegt und lässt das Einhorn und den Fuchs keine Sekunde aus den Augen, so als traue er ihnen nicht.

Ich traue ihnen auch nicht und das ist schon seltsam. Man denkt ja immer, so ein Einhorn wäre nicht nur wunderschön, sondern auch lieb, freundlich und verständnisvoll. Und bei Wölfen ist es ja genau umgekehrt. Da erwartet man eher ein böses Tier, das hinterhältig und gemein ist. Und jetzt ist es genau umgekehrt.

»Man kann sich echt auf nichts mehr verlassen: Die Einhörner sind die Bösen und die Wölfe die Guten«, murmele ich leise vor mich hin.

»Was hast du gesagt?«, will Kati wissen.

»Nichts«, nuschele ich.

»Das ist doch Unsinn!«, grunzt Dieter, der es sich wieder

auf meinem Schoß bequem gemacht hat. »Ich zum Beispiel bin genauso klug, schön und wohlriechend, wie man es in allen Büchern über Stinktiere nachlesen kann. Es gibt ja nicht umsonst das alte und überaus wahre Sprichwort: klug und schön wie ein Stinktier.«

Ich habe keine Ahnung, wo man das nachlesen kann. Und von diesem komischen Sprichwort habe ich auch noch nie etwas gehört. Aber das mit dem »wohlriechend« stimmt auf gar keinen Fall. Darum muss ich mich heute Mittag unbedingt als Erstes kümmern.

Jetzt konzentriere ich mich aber erst einmal auf die Deutschstunde von Herrn Schwarm. Das lohnt sich nämlich meistens, im Gegensatz zu dem restlichen Unterricht an unserer Schule.

»Wem ist das auch schon mal passiert, dass etwas, was ihr am Anfang ganz schrecklich fandet, am Ende richtig schön geworden ist?«, fragt unser Lehrer. »So wie in dem Märchen von dem hässlichen Entlein, das später ein Schwan geworden ist. Oder bei einer Raupe, aus der sich ein wunderschöner Schmetterling entwickelt. Da fällt euch doch bestimmt was zu ein, oder?«

Jessica meldet sich und auch Lili reißt ihren Arm hoch.

»Das gibt es gar nicht. Doof bleibt doof«, sagt Jessica,

nachdem Herr Schwarm sie drangenommen hat, und Lili antwortet: »Ich fand meinen kleinen Bruder schon blöd, als er geboren wurde, und heute finde ich, dass er sogar noch viel blöder geworden ist.«

»Danke, aber vielleicht hat jemand von euch auch ganz andere Erfahrungen gemacht?«, fragt Herr Schwarm und sieht mich dabei erwartungsvoll an.

Aber ich bin viel zu abgelenkt, um ihm zu antworten. Dieter dreht sich nämlich die ganze Zeit zu Jessicas Einhorn und Lilis Fuchs um und schneidet Fratzen.

Ich halte das für keine gute Idee. Es stimmt nämlich, was das Einhorn gesagt hat. Rolf kann uns nicht die ganze Zeit beschützen. Spätestens nach der Schule sind Dieter und ich auf uns allein gestellt und dann werden die sich dafür rächen. Und für den ganzen Rest natürlich auch.

Weil ich nichts sage, nimmt unser Deutschlehrer Leon dran.

»Ich weiß genau, was Sie meinen«, sagt Leon. »Letzten Sommer war ich mit meinen Eltern in den Ferien beim Zelten in der Eifel. Die wollten unbedingt mal so einen Öko-Urlaub machen und nicht wie sonst in die Karibik fliegen.«

Jessica und Lili fangen sofort an zu lachen, weil die Eifel keine halbe Stunde von uns entfernt ist. Jessica war mit ihrer Familie in Amerika, das weiß ich, weil sie nachher allen auf ihrem nagelneuen Handy die Bilder davon gezeigt hat. Und Lili war mit ihrem Vater auf Ibiza und das ist natürlich auch tausendmal besser als die Eifel.

Aber Leon ist noch gar nicht fertig, der will noch was sagen und lässt sich dabei nicht von dem albernen Gekicher der beiden Mädchen und ihrer Begleiter abhalten.

»Zuerst fand ich das doof«, erzählt Leon. »Aber dann wurde es ganz toll, weil der Zeltplatz direkt an einem Wald lag. Und weil es keinen Handyempfang gab, hatten meine Eltern ganz viel Zeit für mich. Die fanden es aber dann nicht so toll wie ich.«

Danach melden sich noch mehr Kinder aus meiner Klasse, die ganz ähnliche Geschichten erzählen. Anna nicht, die meldet sich nie. Dafür aber Kati. Sie sagt, dass sie früher keinen Spinat mochte und dass das jetzt sogar ihr Lieblingsessen sei. Das kann ich zwar nicht verstehen, aber mich überkommt ein Verdacht. Ich glaube nämlich, dass Herr Schwarm der Klasse diese Frage nur für mich gestellt hat. Wegen meines Stinktiers.

Dann klingelt auch schon die Schulglocke und wir haben Pause.

Zum Glück hat Herr Schwarm heute Aufsicht. Ich bleibe die ganze Zeit mit Dieter in seiner Nähe, und da stört es mich überhaupt nicht, dass das Einhorn und der Fuchs uns

»Streber« und »Feiglinge« zurufen. Damit wollen die uns nur von Rolf weglocken, und so doof bin ich nicht, dass ich darauf reinfalle. Dieter schon, den muss ich am Kragen festhalten, sonst würde er Jessicas und Lilis Begleitern glatt in die Falle gehen.

Zu Leon und Anna halte ich auch lieber Abstand, weil Kati sowieso nicht verstehen würde, warum ich mit denen rede. Mit denen redet ja auch sonst niemand. Es tut ein bisschen weh, weil Leon und seine Ratte mir ständig winken und Anna die ganze Zeit zu mir rüberguckt, statt wie sonst auf den Boden unseres Schulhofes zu starren, so als wollte sie da die platt getretenen Kaugummis zählen.

Damit Kati nicht noch mehr unbequeme Fragen stellt, texte ich sie die ganze Pause über zu, wie toll mein Geburtstag heute Nachmittag im Klettergarten wird. Ich rede so viel, dass sie gar nicht zu Wort kommt. In der nächsten Pause mache ich es genauso und dann ist die Schule auch schon wieder rum.

»Wir sehen uns heute Nachmittag!«, rufe ich Kati zu, schnappe mir meine Schultasche und rase aus der Schule. Dieter hechelt mir hinterher, und wenn das so weitergeht, ist er bald fit wie ein Turnschuh. Und ich auch. Seit ich das Stinktier habe, bin ich nur noch am Rennen.

»Aua, aua, aua!«, jammert Dieter hinter mir.

»Was ist denn jetzt schon wieder los?« Ich bleibe stehen und drehe mich zu ihm um.

»Mein Bein tut weh! Das, mit dem ich vorhin gegen die Tür geknallt bin, als du mich über den Flur geschleudert hast.« Dieter zeigt auf sein linkes Bein, obwohl ich mir ziemlich sicher bin, dass er vorhin mit dem rechten gehumpelt ist.

»Ich habe dich nicht geschleudert! Ich bin selber gestürzt und habe dich dabei aus den Händen verloren.«

»Aua!«, jammert Dieter wieder. »Du musst mich tragen.«

»Kommt gar nicht infrage«, erwidere ich. »Das kannst du komplett vergessen, dass ich dich die ganze Zeit durch die Gegend schleppe. Von mir aus bleibst du eben hier.«

»Dann bleiben wir aber beide hier.« Dieter hat sich auf den Boden gelegt und sieht nicht so aus, als wenn er vorhätte, jemals wieder aufzustehen.

»Das ist Erpressung«, sage ich.

»Nenn es, wie du willst«, erwidert Dieter. »Mein Bein tut so weh, da kann ich keinen Schritt mehr gehen.«

Ich atme einmal tief durch, dann gehe ich zu ihm und nehme ihn hoch. Obwohl ich ihm das mit seinem Bein keine Sekunde glaube.

»Ausnahmsweise, aber nur weil vor der Feier noch so viel zu erledigen ist und ich keine Zeit habe, auf dich zu warten«, sage ich.

»Was hast du denn noch vor?«, fragt Dieter neugierig auf meinem Arm.

Aber ich verrate es ihm nicht. Das ist ein Geheimnis.

12. Veilchen, Mango und Aprikosen

Zu Hause hat Mama schon alles fertig gemacht für meinen Geburtstag. Im Flur stehen eine Kühltasche mit Limonade und daneben zwei Kuchenformen, in einer ist ein Marmorkuchen und in der anderen ein Erdbeerkuchen mit zehn Kerzen darauf.

»Gibt es auch Sahne?«, fragt Dieter. »Es gibt doch hoffentlich auch Sahne!«

»Klappe«, erwidere ich, weil Mama gerade aus der Küche kommt.

»Na, war es schön in der Schule?«, will sie wissen.

»Ja, sehr schön. Wie immer«, antworte ich und dann laufe ich mit Dieter auf dem Arm schnell an ihr vorbei in Richtung Badezimmer.

»Wo willst du denn hin?«, ruft Mama mir hinterher.

»Nur noch mal schnell in die Badewanne«, antworte ich.

»Badewanne?«, fragen Mama und Dieter fast gleichzeitig.

Ich gebe beiden keine Antwort, sondern gehe ins Bad und schließe die Tür ab.

»Willst du nicht erst Mittag essen?«, fragt Mama von draußen.

»Ja«, sagt Dieter. »Ich habe nämlich Hunger.«

»Nein«, antworte ich Mama. »Ich hab keinen Hunger und es gibt doch nachher Kuchen.«

»Wie du willst, aber beeil dich. In einer Stunde müssen wir los!«, ruft Mama vor der Tür.

»Was soll das werden?«, fragt Dieter misstrauisch, als ich das Wasser in die Wanne laufen lasse.

Dabei versucht er sich aus meinem Griff zu winden. Ich glaube, er ahnt, was ich vorhabe. Aber ich packe so fest zu, dass er keine Chance hat. Mit der anderen Hand prüfe ich die Wassertemperatur. Sie ist genau richtig, nicht zu warm und nicht zu kalt.

»Das traust du dich nicht!«, faucht Dieter.

»Und ob ich mich traue«, antworte ich und greife nach Mamas Badelotion. Für meinen Geschmack riecht die ein bisschen zu sehr nach Veilchen. Aber um mich geht es hier ja nicht.

»Da gehe ich auf gar keinen Fall rein«, sagt Dieter und versucht sich mit seinen Pfoten in meinem Hemd festzukrallen.

»Du gehst ja auch nicht, du fliegst.« Ich halte Dieter über die Wanne und lasse los. Als das Stinktier in das Badewasser eintaucht, spritzt es so doll, dass ich selber ganz nass werde. Und das, obwohl die Wanne nicht mal halb voll ist. Ich hatte extra nur ganz wenig Wasser einlaufen lassen, weil ich ja nicht wusste, ob Stinktiere schwimmen können. Dieter versucht an den Wänden der Wanne herauszuklettern, aber die Beschichtung ist zu glatt. Deswegen rutscht er mit seinen Krallen immer wieder ab. Ich schnappe mir Noras Shampoo. Meine Schwester liebt das, weil es nach

Aprikose und Mango duftet. Ich drücke auf die Verpackung, als wäre es eine Ketchup-Flasche, und höre erst auf, als Noras Lieblingsshampoo leer ist.

Dieter hat die ganze Zeit noch kein Wort gesagt, nur in ganz hohen Tönen gekreischt hat er. Aber das kann Mama ja nicht hören, sonst hätte sie längst die Tür aufgebrochen. Jetzt ist er ganz still. Ich glaube, Dieter steht unter Schock, weil er in seinem ganzen Leben noch nicht ein Mal ordentlich gebadet wurde.

Ich packe mit beiden Händen zu und verreibe das Shampoo auf seinem schwarz-weißen Fell.

»Das wirst du büßen, du hinterhältige Verräterin!«, schimpft Dieter, als er sich von seinem ersten Schock erholt hat. »Von mir kannst du ab heute keine Hilfe mehr erwarten! Komm bloß nicht an, wenn du Ärger hast.«

»In den letzten beiden Tagen hatte ich den Ärger immer nur wegen dir«, erwidere ich, ohne mit dem Einseifen aufzuhören.

»Aua! Das brennt!«, brüllt Dieter plötzlich, weil ihm etwas von dem Shampoo ins Auge gelaufen ist.

Das kann ich beim Duschen auch nicht leiden. Deswegen hole ich schnell ein Handtuch und wische ihm vorsichtig über die Augen. Doch statt sich zu bedanken, fängt er gleich wieder an zu schimpfen. Aber nicht lange, dann geht sein Meckern in ein wohliges Schnurren über. Ich glaube, in Wirklichkeit genießt er es, dass ich das Shampoo weiter auf seinem Rücken verteile.

»Ein bisschen weiter oben am Nacken«, brummt er wohlig. Sein Fell ist jetzt unter dem weißen Seifenschaum kaum noch zu erkennen. Höchste Zeit, ihn abzubrausen.

Hinter seinem Rücken greife ich nach dem Duschkopf und drehe das Wasser voll auf. Als der Strahl ihn trifft, kreischt er wieder auf. Das macht er so lange, bis ich fertig bin und das Wasser ablaufen lasse.

Das Stinktier blinzelt mich wütend an, dann schüttelt es sich wie ein Hund, der in den Regen gekommen ist. Die Tropfen fliegen durch das ganze Bad, und das, was an mir noch nicht nass war, ist es spätestens jetzt.

Mit seinem feuchten Fell sieht Dieter ein bisschen dünner aus als vorher. Aber nicht viel. Keine Ahnung, ob alle Stinktiere so pummelig sind. Ich weiß sowieso viel zu wenig über Stinktiere, das muss ich dringend ändern.

»Du bist ein ganz schönes Moppelchen«, sage ich zu Dieter.

»Wir Stinktiere sehen alle so aus, wir haben halt alle wahnsinnig viele Muskeln«, erwidert Dieter eingeschnappt.

Bevor ich ihm antworten kann, dass ich ihm das mit den Muskeln nicht glaube und lieber eine neutrale Quelle befrage, klopft meine Mutter an die Badezimmertür: »Kommst du langsam mal raus! Wir müssen bald los.«

»Ich komme gleich!«, rufe ich zurück.

»Nicht so grob, du tust mir weh!«, schreit Dieter, während ich ihn mit dem Handtuch trocken reibe.

Aber ich rubbele einfach weiter, bis seine Haare nicht mehr ganz so nass sind. Als ich das Handtuch wegnehme, steigt mir ein Duft in die Nase, der nach Veilchen, Mango und Aprikose riecht. Ich mag den Geruch. Dieter nicht.

»Ähh! Das stinkt ja fürchterlich«, beschwert er sich.

»Du riechst jetzt auf jeden Fall besser als vorher«, erwidere ich und hebe ihn aus der Wanne.

Eigentlich müsste ich danach noch die Schweinerei im Bad aufwischen, aber dafür ist keine Zeit mehr. Mit Dieter unterm Arm laufe ich hoch in mein Zimmer, weil ich mich nach der Wasserschlacht im Bad umziehen muss und im Computer noch was über Stinktiere nachlesen will.

Ich habe keinen Computer, aber meine Schwester hat einen und zum Glück kenne ich ihr Passwort. Das weiß sie natürlich nicht, denn wenn sie es wüsste, hätte sie es längst geändert.

Nachdem ich mir trockene Sachen angezogen habe, schleiche ich mich in ihr Zimmer. Nora ist nicht da, die ist schon wieder beim Karate-Training. Schnell tippe ich ihr geheimes Passwort »Louis« ein und schaue mich im Internet nach ein paar Informationen über Dieter um.

Ich brauche gar nicht lange zu suchen, da finde ich eine Tierseite, auf der ganz viel über Stinktiere steht.

»Das ist bestimmt alles gelogen«, knurrt Dieter, der auf meinem Schoß sitzt und immer noch in das Handtuch eingemummelt ist.

Auf der Seite lerne ich, dass Stinktiere Allesfresser sind. Das wundert mich überhaupt nicht. Ich habe ja schon gesehen, was Dieter alles in sich reinstopfen kann.

»Ich habe eben einen gesunden Appetit«, bemerkt Dieter. »Apropos, können wir nicht schon mal was von dem Erdbeerkuchen probieren, der unten im Flur steht?«

»Nein«, antworte ich und lese weiter in dem Eintrag auf der Website. Ich erfahre, dass Stinktiere auch Skunks genannt werden und es verschiedene Arten gibt: Fleckenstinktiere, Streifenstinktiere, Stinkdachse und Weißrüsselstinktiere.

»Und zu welcher Sorte gehörst du?«, frage ich Dieter.

»Ich bin eine Mischung aus allen, und zwar von allen nur das Beste«, antwortet Dieter, aber ich glaube, das ist gelogen. Wenn ich die Bilder auf dem Monitor mit ihm vergleiche, gehört er wohl eher zu den Streifenstinktieren.

Etwas weiter unten steht, dass es Stinktiere eigentlich nur in Süd- und Nordamerika und dann noch auf ein paar Inseln in Asien gibt.

»Bist du aus dem Zoo ausgebrochen? Oder wie kommst du hierher?«, frage ich. »In Europa gibt es doch gar keine Stinktiere.«

»Wir Begleiter kommen nicht von irgendwoher«, erklärt Dieter und kichert dabei, weil er meine Frage anscheinend für komplett dämlich hält. »Wir Begleiter sind einfach da.«

»Aber wo warst du, bevor du bei mir warst?«

»Mal hier, mal dort, mal aber auch ganz woanders«, antwortete Dieter ausweichend.

Weil ich merke, dass er mir auf meine Frage nicht antworten will, lese ich weiter, was auf der Seite steht.

»Wow!«, mache ich, weil ich es einfach nicht glauben kann.

»Was denn?«, fragt Dieter neugierig.

»Lies selber«, sage ich und zeige auf den Bildschirm.

»Du musst es mir vorlesen.«

»Warum? Kannst du etwa nicht lesen?«

»Ich bin ein Stinktier!«, erwidert Dieter beleidigt. »Hast du schon mal ein Stinktier gesehen, das ein Buch liest?!«

»Nein, habe ich nicht«, muss ich zugeben.

»Na siehst du! Und jetzt lies endlich.«

»Da steht, dass man die Stinkbomben, mit denen ihr euch gegen Angreifer verteidigt, bis zu vier Kilometer weit riechen kann und dass der Geruch aus den Kleidern nie mehr rausgeht.«

»Was ist denn daran so furchtbar komisch?«, fragt Dieter, weil ich bei dem letzten Satz angefangen habe zu lachen.

»Na, weil Jessica und Lili gestern ihre besten Sachen anhatten. Die können sie jetzt wegschmeißen.«

»Geschieht den doofen Schnepfen ganz recht«, erwidert Dieter. »Steht da sonst noch was Spannendes?«

»Ja, einige von euch halten so eine Art Winterschlaf«, sage ich und frage hoffnungsvoll: »Du auch?«

»Habe ich einmal probiert, war mir aber zu langweilig.«

Außerdem erfahre ich aus dem Artikel dann noch, dass der Uhu das einzige Tier ist, was sich von dem Gestank nicht abhalten lässt und Stinktiere trotzdem jagt. Ganz einfach, weil der Uhu gar nicht riechen kann.

»Außerdem sollt ihr gut klettern können«, lese ich weiter vor. »Das ist ja ganz praktisch.«

»Wir können alles gut«, erwidert Dieter. »Aber warum soll das mit dem Klettern praktisch sein?«

»Weil wir doch gleich in den Kletterpark fahren, da muss ich dich nicht die ganze Zeit die Bäume raufschleppen.«

Im selben Moment ruft Mama von unten auch schon: »Wir müssen jetzt los!«

»Bin schon unterwegs!«, rufe ich zurück und nehme Dieter von meinem Schoß.

Er ist jetzt schon so trocken, dass er kein Handtuch mehr braucht. Durch das Bad ist sein Fell noch flauschiger geworden und gut riechen tut es jetzt auch.

13. Meine neuen Freunde

Weil Nora nicht mitkommt und Papa arbeiten muss, darf ich im Auto vorne sitzen. Ich bin ja jetzt auch schon zehn und da ist das erlaubt. Manchmal.

Mama quasselt die ganze Zeit ohne Unterbrechung. Das ist gut, dann muss ich nichts sagen. Sie erzählt mir von ihrer Höhenangst und wie Papa sie mal, da waren sie beide noch viel jünger, huckepack von einer hohen Brücke hat tragen müssen, weil sie leichtsinnig über das Geländer geschaut hatte.

»Was ich damit sagen will, ist«, erklärt sie mir, als sie mit ihrer Geschichte fertig ist, »dass ich euch leider, leider nicht auf dem Kletterparcours begleiten kann. Ist das sehr schlimm?«

Ich schüttele nur den Kopf und sehe aus dem Seitenfenster. Dieter liegt wieder auf meinem Schoß. Ich kraule ihm sanft das Fell, und er lässt sich das gefallen, ohne zu meckern. Im Gegenteil, er schnurrt wieder leise vor sich hin und so ist es eigentlich ganz gut mit ihm auszuhalten. Vor allem, weil er nicht mehr so stinkt. Ich tue, als würde ich was im Handschuhfach suchen. Dazu beuge ich mich nach vorne, um meine Nase in seinem Fell zu vergraben, weil es jetzt so weich ist und so herrlich duftet.

»Sag mal, ist das Noras Shampoo, das hier so riecht?«, fragt Mama.

»Habe ich mir ausgeliehen«, antworte ich.

»Das riecht hier drinnen, als wenn du die ganze Flasche leer gemacht hättest«, sagt Mama.

»Habe ich nicht«, schwindele ich.

»Ich hoffe, du hast Nora vorher gefragt, ob du ihr Shampoo benutzen darfst«, sagt Mama. »Denn wenn du es nicht getan hast, reißt sie dir den Kopf ab.«

Ich antworte nicht, sondern streichele weiter Dieter und starre aus dem Fenster. Das mit dem Kopfabreißen wird Mama schon ganz allein erledigen, wenn sie sieht, in was für einem Zustand ich das Badezimmer hinterlassen habe.

Als wir am Supermarkt vorbeifahren, entdecke ich Jessica und ihr Einhorn. Jessica hat offenbar gerade mit ihrer Mutter für die Party eingekauft. Die beiden schieben einen riesigen Einkaufswagen über den Parkplatz zu ihrem Auto. Der Einkaufswagen ist so überladen, dass immer wieder Colaflaschen und Chipstüten herausfallen. Jessica muss sich alle paar Meter bücken, um die Sachen zurück in den Wagen zu legen. Ihr fieses Einhorn vertreibt sich die Zeit damit, mit seinem Horn einem kleinen Esel in den Hintern zu piken. Der Esel gehört zu einem Jungen, dessen Job es ist, die Einkaufswagen vom Parkplatz zurück zum Laden zu schieben.

Ich seufze einmal tief, weil mir der Junge und sein kleiner Esel leidtun. Aber auch, weil diese tolle Party mit all der vielen Cola und all den vielen Chips ohne mich stattfinden wird. »Vielleicht hat Jessica ja recht und so ein Klettergeburtstag ist wirklich nur was für Babys«, murmle ich leise.

»Vergiss die bescheuerte Jessica und ihr hinterhältiges Einhorn«, meldet sich Dieter. »So ein Klettergeburtstag ist tausendmal besser als eine stinklangweilige Party, glaub mir.«

Ich nicke nur, weil ich hören kann, dass Dieter das selber nicht glaubt. Aber zumindest war es nett gemeint und das kommt bei ihm ja nicht so häufig vor.

»Hey, das war ein Witz!«, sagt Dieter und kichert. »Natürlich ist so eine Party tausendmal cooler als ein Nachmittag im Klettergarten. Was glaubst du denn? Und jetzt müssen wir ganz schnell anhalten!«

»Warum?«, frage ich leise.

»Weil mir speiübel ist«, erwidert Dieter. »Mir wird beim Autofahren immer schlecht.«

»Sofort anhalten!«, rufe ich laut, weil ich keine Lust habe, dass Dieter sich übergibt, solange er noch auf meinen Knien liegt.

»Aber wir sind doch noch gar nicht da«, sagt Mama.

»Mir ist schlecht!«, rufe ich. »Ich muss spucken. Jetzt gleich und sofort.«

Mama fährt schnell rechts ran und stoppt an einem kleinen Park. Ich schnappe mir Dieter, springe aus dem Wagen und laufe auf einen Busch zu. Mama steigt auf der anderen Seite aus, um mir zu helfen.

Ich halte Dieter so weit von mir weg wie irgendwie möglich. Es passiert aber nichts. Zum Glück passiert nichts.

»Falscher Alarm, wir können wieder einsteigen«, sagt Dieter nach einer Weile.

»Alles gut mit dir?«, fragt Mama besorgt, als sie mich erreicht hat.

»Alles okay, war zum Glück nur falscher Alarm«, antworte ich.

»Sollen wir den Geburtstag lieber absagen, wenn es dir nicht gut geht?«, will Mama wissen.

»Nein, nein, es geht schon«, antworte ich. »Lass uns weiterfahren.«

Ich gehe zurück zum Wagen und werfe Dieter trotz seiner Proteste auf den Rücksitz.

Anna, Leon und Kati sind schon da, als wir auf den Parkplatz am Waldrand fahren.

Kati steht in der einen Ecke, Anna und Leon in einer anderen. Jasper und Leon winken mir zu, Anna signalisiert durch ein kurzes Heben ihrer rechten Augenbraue, dass sie sich ebenfalls wahnsinnig freut, mich zu sehen, und Paula pennt mal wieder.

»Ich dachte, du hättest nur Spaß gemacht«, sagt Kati, als ich ausgestiegen bin. »Und jetzt sind Anna und Leon wirklich da!«

Sie sieht mich an, als hätte ich Lord Voldemort und Darth Vader zu meinem Geburtstag eingeladen.

»Ich dachte, du wolltest diese Jessica und Lili einladen«, mischt sich Mama von der Seite ein. »Hatten die keine Zeit?«

»Nein, die konnten nicht«, sage ich schnell, weil Anna und Leon jetzt auch schon auf uns zukommen.

»Herzlichen Glückwunsch«, sagt Leon und Jasper ruft: »Von mir auch! Von mir auch!«

Dann gibt Leon mir sein Geschenk. Es ist rechteckig, in braunes Packpapier eingeschlagen, und als ich es auspacke, springt Jasper auf Leons Schulter aufgeregt von einem Bein auf das andere.

»Oh, ein Buch«, sage ich.

»Ja, eine Geschichte über Kinder mit unsichtbaren Tieren«, erklärt Leon und Jasper ergänzt: »Aber nur so doofe, also Einhörner, Füchse, Hirsche und andere blöde Viecher.«

»Das Buch kenne ich, das ist super«, sagt Kati, und das versetzt mir einen Stich, weil sie ja keine Ahnung hat, worum es hier gerade wirklich geht.

Anna gibt mir auch ein Geschenk. Es ist eine Kette mit einem Medaillon.

»Oh! Ist das süß!«, rufe ich aus, als ich das Bild eines Stinktiers auf dem Anhänger entdecke.

»Das ist nicht süß! Ein Stinktier ist großartig und mutig und klug und weise, aber ganz sicher nicht süß!«, brummt Dieter, aber ich finde das Bild trotzdem süß.

»Bist du das Geburtstagskind?«, fragt plötzlich ein Mann und gibt Kati die Hand.

»Nein, das ist Zora.« Kati zeigt auf mich.

»Dann herzlichen Glückwunsch!«, sagt der Mann. »Der Kletterparcours wartet schon auf euch. Wir können gleich anfangen!«

Der Mann schnallt uns Gurte mit Karabinerhaken um, damit wir auch gut gesichert sind, falls wir mal abrutschen. Dann gibt er uns noch ein paar Anweisungen, was wir dort oben auf gar keinen Fall tun dürfen (»Nicht runterfallen!«), und noch ein paar Tipps, was wir auf jeden Fall tun sollten:

»Ihr müsst euch gegenseitig helfen. Den Kletterparcours schafft ihr nur gemeinsam.«

Ich lege den Kopf in den Nacken. Die Bäume sind ziemlich hoch, und die Seile und Hängebrücken, auf denen wir gleich entlangklettern sollen, befinden sich ganz weit oben in den Wipfeln.

»Das sind mindestens zehn Meter, eher zwölf«, sagt Leon. »Ziemlich hoch jedenfalls.«

»Findest du? Finde ich nicht«, erwidert Kati. Aber weil ich sie schon so lange kenne, kann ich in ihren Augen sehen, dass sie auch Schiss hat. Sie sagt das nur, um mit Leon nicht einer Meinung sein zu müssen.

»Das ist doch nicht hoch! Das sind Grashalme!«, brüllt Jasper, Leons Ratte, und Dieter brummt auch nur: »Kleinigkeit!«

Anna und ihr Faultier sagen nichts. Anna zuckt nur mit den Schultern und Paula schläft weiter tief und fest an ihrem Arm.

»Trägst du mich auch?«, fragt Dieter.

»Spinnst du?!«, flüstere ich so leise, dass Mama und Kati das nicht hören. »Ich habe doch vorhin gelesen, dass Stinktiere gute Kletterer sind, und du hast selber gesagt, dass in dir das Beste aus allen Arten vereint ist.«

»Bitte, bitte, bitte!«, bettelt Dieter.

»Vergiss es.«

Anna, Leon und Jasper haben unser Gespräch belauscht und grinsen.

»Das Geburtstagskind beginnt«, sagt der Mann und führt mich zu dem Baum, den wir hochsteigen sollen. »Aber sei vorsichtig, das ist kein Kinderspielplatz da oben.«

»Können wir nicht erst Kuchen essen und dann klettern?«, schlägt Dieter vor.

»Kuchen gibt es erst, wenn wir wieder unten sind«, sage ich leise und setze meinen Fuß auf die Trittleiter, die am Stamm des Baums nach oben führt.

Dieter folgt mir grummelnd. Er nimmt aber nicht die Leiter, sondern läuft einfach den Stamm rauf.

Dann kommt Leon, dessen Ratte es sich in der Kapuze seines Sweatshirts bequem gemacht hat, hinter ihm steigt Kati die Trittleiter rauf und ihr folgt Anna mit Paula. Damit Anna ungestört klettern kann, klammert sich das Faultier nicht an ihrem Arm, sondern an ihrem Rücken fest. Den Abschluss bildet der Mann, der uns die Gurte umgelegt hat.

»Viel Spaß!«, ruft Mama uns hinterher, und man kann richtig hören, wie erleichtert sie ist, dass sie unten am Boden bleiben kann.

Desto höher ich steige, desto mehr kribbelt es in meinen Händen und Füßen. Aber gar nicht unangenehm, sondern schön prickelnd, weil es so aufregend ist. Am Ende der Trittleiter ist eine Plattform, auf der wir alle zusammen stehen können. Dieter kommt als Letzter bei uns an und ist ziemlich außer Atem.

Tief unter uns kann ich Mama sehen. Von hier oben sieht sie aus wie eine Ameise, so klein ist sie.

»Und jetzt?«, fragt Kati. »Wie geht es weiter?«

»Einfach den Weg da lang«, sagt der Mann und zeigt auf eine wacklige Hängebrücke vor uns. Sie führt zum nächsten Baum und der ist mindestens fünfzig Meter weit weg. Die Abstände zwischen den Brettern sind ziemlich groß und darunter ist nichts außer einer Menge Luft.

»Können wir nicht erst noch ein bisschen Pause machen?«, schnauft Dieter.

»Wieso Pause? War doch eine Kleinigkeit hier rauf«, fiepst Leons Ratte, und das ist ziemlich unverschämt, weil sie sich ja hat tragen lassen. Dieter spart sich eine Erwiderung, wahrscheinlich fehlt ihm einfach die Luft für eine seiner frechen Antworten.

Hintereinander laufen wir über die Hängebrücke. Die schwankt hin und her, weil Kati und Anna darauf herumspringen, als wäre es eine Hüpfburg. Dieter klammert

sich an mein Bein, um nicht herunterzufallen, und erst als ich die beiden bitte, aufzuhören, lassen sie das Hüpfen bleiben.

»Danke«, flüstert Leon. Er ist ganz grün im Gesicht von der wilden Schaukelei und kichert nervös.

»Noch mal, das macht Spaß!«, ruft Jasper.

»Kommt gar nicht infrage«, knurrt Dieter und lässt mein Bein wieder los.

Anna und Kati schauen sich an und grinsen.

»Kann doch gar nichts passieren.« Kati zeigt auf das Sicherungsseil, das der Mann an unseren Gurten mit den Karabinerhaken festgemacht hat.

Anna, die Paula immer noch huckepack trägt, kommt auf mich zu und hilft mir und Dieter auf die andere Seite der Brücke. Ich hatte bis heute gar nicht gewusst, dass sie so nett und mutig ist.

14. Schutzengel Dieter

Von der Plattform am Ende der Brücke müssen wir noch etwas höher klettern und uns dann an einem Seil zum nächsten Baum hangeln. Dabei unterstützen wir uns gegenseitig. Der Mann lässt uns alles alleine machen und steht nur bereit, falls wir mal Schwierigkeiten haben. Haben wir aber nicht, denn desto länger wir hier oben sind, desto einfacher wird es. Ich hätte das nicht geglaubt, aber man kann sich an die Höhe gewöhnen und dann verliert man auch die Angst davor. Leon und ich werden jedenfalls immer mutiger.

Und es passiert noch etwas Komisches. Vielleicht liegt es an der Höhenluft, vielleicht aber auch nur daran, dass wir uns ständig gegenseitig helfen müssen. Jedenfalls haben wir alle viel Spaß, sogar Kati und Leon verstehen sich richtig gut, und Anna lächelt so häufig wie in den ganzen letzten Monaten nicht. Es ist richtig nett und absolut fantastisch hier oben in den Wipfeln der Bäume.

Immer wenn wir die Stationen wechseln, müssen wir auch die Karabiner an unseren Sicherungsseilen lösen und danach wieder an einem anderen neu einhaken. Das ist der einzige gefährliche Moment, und der Mann vom Kletterpark hat uns mindestens hundertmal gesagt, dass wir dabei ganz besonders vorsichtig sein müssen.

Waren wir auch und jetzt haben wir schon die allerletzte Plattform erreicht. Wir sind jetzt ungefähr sechs Meter über dem Boden, schätze ich.

»Das ist der allerbeste Kindergeburtstag, auf dem ich jemals war«, sagt Leon begeistert und Jasper ergänzt: »War ja auch dein erster. Aber ich finde es auch toll! Richtig megasupertoll!«

»Mir hat es auch gefallen«, sagt Kati. »Vor allem, weil wir uns alle gegenseitig geholfen haben.«

»War gar nicht mal so schlecht«, meint Dieter und aus seinem Mund ist das schon fast ein Lob.

»Ich fand's cool«, sagt Anna.

»Das freut mich«, antworte ich. »Wenn du das sagst, dann meinst du das auch so. Du quatscht kein unnützes Zeug, so wie andere.«

»Wen meinst du denn damit, Frolleinchen?«, fragt Dieter misstrauisch.

»Ach niemanden«, flüstere ich, weil ich mir die gute

Stimmung durch einen Streit mit ihm nicht verderben lassen will.

Zum Abschluss der Klettertour sollen wir uns auf den Boden abseilen, damit wir unten zusammen Kuchen essen können.

»Das Geburtstagskind fängt wieder an«, sagt der Mann vom Kletterpark.

Aber genau in dem Augenblick, als ich den Karabiner ausgehakt habe, um ihn am neuen Seil wieder einzuhaken, huscht ein Eichhörnchen zwischen den Blättern hervor. Dieter springt vor Schreck einen Schritt zurück. Um ihm auszuweichen, muss ich auch einen Schritt zurück machen. Dabei trete ich ins Leere. Der Mann, der uns begleitet, versucht mich festzuhalten, greift aber daneben.

»AHHHH!!!!!!!!!!!!!!!!!«

Rückwärts stürze ich von dem Podest in die Tiefe.

Ich höre mich, Mama und die anderen schreien und bin mir ziemlich sicher, dass das mein Ende ist. Seltsamerweise denke ich dabei zuerst an Dieter. Ich frage mich nämlich, was wohl aus ihm werden wird, wenn ich tot bin.

Ist er dann auch tot?

Während ich falle, schließe ich meine Augen. Gleich werde ich auf der harten Erde aufschlagen.

Aber das tue ich nicht. Etwa einen halben Meter über dem Boden bleibe ich einfach in der Luft hängen. Es fühlt sich an, als wäre ich auf einer riesigen Luftmatratze gelandet.

Ich öffne die Augen und schaue nach oben. Dieter hat sich über die Plattform gebeugt und winkt mir fröhlich zu.

Dann klettert er mit dem Kopf voran den Baum herunter. Das macht er ganz langsam und vorsichtig und genauso langsam und vorsichtig sinke ich auf den Waldboden hinunter.

Oben auf dem Podest ist ein Riesengebrüll zu hören. Sogar Anna brüllt, obwohl die ja eigentlich sonst nie etwas sagt. Wahrscheinlich denken die dort alle, dass ich tot bin. Die haben mich ja fallen sehen, und wenn mich nicht dieses unsichtbare Band mit Dieter verbinden würde, wäre ich das wahrscheinlich auch.

Mama kommt auch schnell angelaufen. Sie stürzt auf mich zu und kniet sich neben mir auf die Erde.

»Alles okay mit dir?«, fragt sie.

»Alles okay«, antworte ich und klopfe mir die Tannennadeln von meinen Klamotten. »Ich habe wohl wahnsinniges Glück gehabt.«

»Glück? Dass ich nicht lache!«, sagt Dieter. »Du kannst ruhig mal Danke sagen!«

»Danke!«, murmele ich leise.

»Wie bitte? Ich höre dich so schlecht?« Dieter hält sich eine Pfote ans Ohr.

»Danke!«, wiederhole ich lauter.

»Na, geht doch«, brummt Dieter und auf einmal habe ich ihn furchtbar lieb. Nicht nur, weil er mir gerade das Leben gerettet hat, sondern auch weil er... ach, ich weiß auch nicht, einfach weil er so ist, wie er ist.

»Manchmal bist du echt unausstehlich, weißt du das? Aber ab und zu kannst du auch richtig süß und knuffig sein«, flüstere ich.

»Ich bin weder süß noch bin ich knuffig!«, brummt Dieter.

»Doch, bist du. Ab und zu jedenfalls.« Ich nehme ihn in den Arm und knuddele ihn ganz doll. So wie meinen Teddybär früher, ohne den ich nicht einschlafen konnte, bis ich sieben war, na ja, eigentlich sogar bis ich neun war.

»Lass das!«, faucht Dieter und stemmt seine Pfoten gegen meine Brust. »Hör sofort auf damit, das ist ja peinlich!«

Anna, Leon und Jasper lachen oben auf der Plattform, und Mama, Kati und der Mann vom Kletterpark denken bestimmt, mein Kopf hätte bei dem Sturz was abgekriegt, weil ich die Luft umarme und wirres Zeug erzähle. Nur Paula lacht nicht und wundert sich auch nicht, weil sie sich immer noch an Annas Rücken klammert und pennt.

»Bei wem hast du dich denn da vorhin bedankt?«, will Mama wissen, als ich Dieter wieder loslasse und aufstehe.

»Bei Gott«, schwindele ich.

»Na, übertreib mal nicht«, bemerkt Dieter geschmeichelt, aber das überhöre ich einfach.

Während Mama mir ihren Arm um die Schulter legt, seilt der Mann vom Kletterpark meine Gäste von der Plattform ab. Erst Kati, dann Anna und zum Schluss Leon. Die drei umringen mich und klopfen mir auf die Schulter. Die freuen sich alle riesig, dass ich den Sturz überlebt habe. Das ist schön, denn das zeigt ja, dass sie sich Sorgen um mich gemacht haben, und das tut man ja nur bei Menschen, die man mag. Dieter lässt sich von allen als Held feiern. Sogar Annas Faultier wacht kurz auf und gratuliert ihm, nachdem Jasper ihr erklärt hat, was gerade passiert ist.

Auch der Mann vom Kletterpark sieht ziemlich erleichtert aus, als er von dem Baum heruntergeklettert ist und festgestellt hat, dass ich nicht mal die kleinste Schramme abbekommen habe.

»So etwas ist hier noch nie passiert. Das tut mir so leid«, wiederholt er die ganze Zeit.

Der kann ja nicht wissen, dass ich eigentlich nur wegen Dieter abgestürzt bin.

»Da können Sie ja nichts für, da hatte halt nur jemand

Schiss vor dem harmlosen Eichhörnchen«, versuche ich den Mann zu trösten.

»Ich hatte keinen Schiss!«, protestiert Dieter.

»Und warum bist du dann zurück gesprungen?«, frage ich ihn leise.

»Na weil … weil … weil ich eine Allergie gegen die Viecher habe«, sagt Dieter und tut so, als bekäme er gerade einen ganz schrecklichen Niesanfall.

»Ich könnte schwören, dass du in der Luft geschwebt hast«, sagt Mama. »Einen halben Meter über dem Boden!«

»Ich auch!«, ruft Kati. »Vielleicht hast du einen Schutzengel, der dich aufgefangen hat.«

»Das bildet ihr euch nur ein«, wiegele ich ab.

Dieter grinst zufrieden, weil ihm die Idee mit dem Schutzengel offensichtlich gefällt.

»Ich habe das nicht gesehen«, schwindelt Leon.

»Ich auch nicht«, bestätigt Anna und Leon ergänzt: »Das ist physikalisch ja auch völlig unmöglich. Das war reine Einbildung, wahrscheinlich so eine Art Schock.«

Auf den Schreck gibt uns der Mann vom Kletterpark jedem eine Cola aus, und Mama erlaubt das sogar, obwohl ich sonst nur ganz selten Cola trinken darf. Aber heute ist ja auch meine Geburtstagsfeier!

Zu der Cola essen wir dann den Kuchen und ich darf die Kerzen ausblasen. Dazu muss ich aber erst Dieter wegschubsen. Er hat sich vorgedrängelt, um das Auspusten selber zu erledigen.

Auf Stinktierart!

»Warum darf ich denn die Kerzen nicht auslöschen?«, fragt Dieter.

»Na, weil der Kuchen danach bestimmt ganz schrecklich stinken würde«, antworte ich.

Leon, Jasper und sogar Anna lachen sich halbtot, weil sie unsere kleine Auseinandersetzung mitverfolgt haben. Kati und Mama lachen einfach mit, auch wenn sie nicht wissen können, warum die anderen kichern. Wir sind sowieso alle in so einer Stimmung, in der man wegen der kleinsten Kleinigkeit loslacht. Das hat bestimmt etwas mit meinem Sturz zu tun. Und das ist ja oft so, dass man nach einer gefährlichen Situation, die man heil überstanden hat, ganz überschwänglich gut gelaunt ist.

Genauso geht es uns jetzt. Wir sind alle ganz schrecklich albern, auch Mama und der Mann vom Kletterpark. Dabei sind wir so laut, dass sich Annas Faultier beschwert, weil es nicht schlafen kann.

Ansonsten ist alles bestens. Kati, Leon und Anna verstehen sich super und das finde ich gut. Nur Dieter und

Jasper zanken sich die ganze Zeit, wer am meisten von dem Kuchen abbekommt.

Während wir essen, versuche ich Dieter so unauffällig zu füttern, dass Mama und Kati es nicht mitbekommen. Anna und Leon sind da viel geschickter als ich, aber das ist ja auch kein Wunder, die haben ihre Begleiter schon länger.

Als der Kuchen und die Cola alle sind, wird es auch schon langsam dunkel.

»Was habt ihr denn morgen vor?«, frage ich, als wir uns alle verabschieden.

»Nichts«, murmelt Anna.

»Ist da nicht Jessicas Geburtstag?«, fragt Kati.

»Aber wir sind ja nicht eingeladen«, sagt Leon.

»Und warum gehen wir nicht einfach trotzdem hin?«, schlägt Dieter vor.

»Au ja, das wird bestimmt superdupertoll«, jubelt Jasper.

Anna zuckt nur mit den Schultern, was wohl heißen soll: warum eigentlich nicht?

»Und wenn wir trotzdem zu Jessicas Party gehen?«, wiederhole ich Dieters Vorschlag, damit Kati auch Bescheid weiß.

»Ohne Einladung?«, fragt Kati skeptisch.

»Klaro«, antwortet Anna.

»Da kommen so viele Leute, die merkt das doch gar

nicht«, sagt Leon und Jasper brüllt: »Ich wollte immer schon mal auf eine Kostümparty gehen.«

»Kostüme?«, fragt Leon überrascht.

»Was denn für Kostüme?«, will Kati wissen, die Jasper ja nicht hören konnte.

»Jessica hat zu Lili gesagt, dass die Party mit Verkleiden ist«, behauptet Leons Ratte.

»Weil es wohl eine Kostümparty ist«, antworte ich Kati.

»Woher weißt du das?«, fragt meine beste Freundin.

»Habe ich irgendwo gehört«, antworte ich ausweichend.

Kati guckt erst ein bisschen skeptisch, findet die Idee dann aber doch gut: »Mehr als rausschmeißen kann sie uns nicht. Dann müssen wir uns nur noch Kostüme besorgen.«

Kurz darauf werden Leon und Kati auch schon abgeholt. Ich halte neugierig Ausschau, ob Leons Vater auch einen Begleiter hat. Und tatsächlich sitzt auf der Rückbank des dicken Mercedes eine Dogge, die ihren Kopf zum Seitenfenster rausstreckt und Leon freudig anbellt.

»So einen Hund hätte ich auch gerne«, sagt Kati, und da wird mir klar, dass die Dogge gar kein Begleiter, sondern ein echtes Tier ist.

»Du kannst den sehen?«, frage ich verwundert.

»Klar, du etwa nicht?«, fragt Kati zurück.

»Kannst du das etwa nicht auseinanderhalten? Das sieht man doch auf den ersten Blick, dass das ein stinknormaler Wauwau ist«, klugscheißert Dieter, aber das ignoriere ich einfach.

Leons Mutter bleibt im Wagen sitzen und hupt dreimal, was wohl heißen soll, dass Leon sich gefälligst ein bisschen beeilen soll. Leon rennt mit Jasper auf der Schulter zum Auto seiner Mutter. Kaum ist er eingestiegen, braust der Wagen davon.

»Das wird die Party des Jahrhunderts morgen. Und wir sind dabei! Bis morgen um vier vor der Schule!«, brüllt Jasper zum Fenster raus. Dann sind sie auch schon weg.

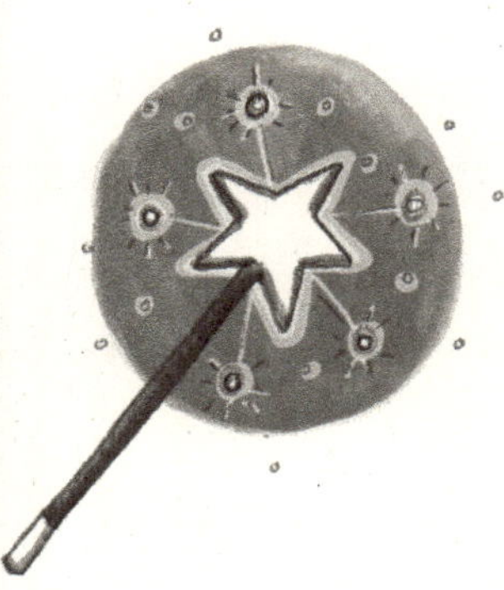

15. Mein letztes Stündchen hat (fast) geschlagen

Kati und Anna, die alleine nach Hause geht, verabschieden sich jetzt auch. Meine Mutter spricht noch ein paar Worte mit Katis Mutter und ich rufe Anna hinterher: »Alles Gute für deinen Vater!«

Anna bleibt stehen und dreht sich zu mir um.

»Woher weißt du das?«

Ich brauche gar nicht zu antworten, weil ihr Faultier mit einer trägen Handbewegung auf Dieter zeigt. Manchmal glaube ich, Paula schläft gar nicht so viel, sondern tut nur so.

»Ach ja, dein Stinktier hat es dir bestimmt erzählt«, sagt Anna und als ich nicke, fügt sie hinzu: »Aber sag es bitte nicht weiter. Ich will nicht, dass mich in der Schule alle so mitleidig anstarren, nur weil mein Vater krank ist.«

Ich nicke ein zweites Mal, weil ich das ja sowieso nicht vorhatte und es Anna anscheinend wirklich wichtig ist.

Sonst hätte sie gerade bestimmt nicht so viel geredet wie sonst in einem ganzen Monat nicht. Anna winkt mir zu, dann geht sie, und ich schaue ihr noch lange nach.

»Und? Wie hat dir dein Geburtstag gefallen?«, fragt Mama auf dem Heimweg.

»Gar nicht so übel, wie ich befürchtet hatte«, brummt Dieter, obwohl Mamas Frage ja gar nicht ihm galt.

»Das war super«, antworte ich und das stimmt. »Wir haben so viel zusammen gelacht und alle haben sich gut verstanden.«

»Fast alle! Ich kann die Ratte nicht leiden«, bemerkt Dieter grummelig.

»Ich finde Jasper eigentlich ganz nett, ein bisschen überdreht, aber nett«, rutscht es mir raus.

»Jasper? Ich dachte, der Junge heißt Leon?«, sagt Mama. »Aber den fand ich auch nett, genau wie diese Anna. Seid ihr schon lange befreundet?«

»Nicht so lange«, antworte ich.

»Habt ihr irgendwelche gemeinsamen Hobbys?«, hakt Mama nach. Sie ist jetzt mitten in dem Eltern-wollen-alles-wissen-Modus und das ist echt lästig.

»Kann man so sagen«, erwidere ich.

»Hobby? Ich bin doch kein Hobby«, ruft Dieter empört,

aber da fährt Mama schon den Wagen in die Garage und ich kann schnell aussteigen, bevor sie noch mehr Fragen stellt.

»Hallo, Zora!«, begrüßt mich meine Schwester, als ich die Wohnungstür öffne. »Ich habe schon den ganzen Nachmittag auf dich gewartet.«

Mathilde steht neben ihr und beide starren mich bitterböse an.

»Vielleicht gucken die so, weil du so frech warst, als sie ihren Schatz Louis getroffen hat. Oder weil du ihr Lieblingsshampoo aufgebraucht hast!« Diesmal ist es Dieter, der flüstert, damit meine Schwester und das Zebra ihn nicht hören können. »Oder aber, weil du heimlich an ihrem Computer warst.«

Da fällt mir ein, dass ich total vergessen habe, den Rechner wieder runterzufahren, weil wir doch so schnell losmussten. Das bedeutet, dass Nora weiß, dass ich ihr Passwort kenne. Und noch viel schlimmer, dass ich weiß, dass ihr Passwort »Louis« heißt.

Jetzt bin ich dran! Meine Schwester geht schließlich nicht umsonst vier Mal die Woche zum Karate-Training.

Ohne Vorwarnung stürzt Nora sich auf mich. In letzter Sekunde kann ich ihr ausweichen und mich wegducken, sodass ihr Karatehieb ins Leere geht. Ich renne um das Sofa herum und dann schnell zur Treppe. Aus der Küche kommt mir Papa mit Lasse entgegen.

»Was ist denn hier los?«, fragt er.

Ich habe keine Zeit, es ihm zu erklären. Ich muss mein Leben retten und das von Dieter auch, denn ich bin mir ziemlich sicher, dass es Nora wegen seiner Stinkbombenattacke heute früh auch auf ihn abgesehen hat. Auf der untersten Treppenstufe schnappe ich ihn mir und nehme ihn auf den Arm, damit er und ich schneller vorankommen.

»Damit wären wir dann quitt«, sage ich, während ich mit ihm die Treppen raufstürme.

Dieter sagt nichts, sondern dreht sich nur ängstlich um, weil Nora und Mathilde uns jetzt schon ganz dicht auf den Fersen sind. Ich stürme den Flur entlang, reiße die Tür zu meinem Zimmer auf und knalle sie sofort wieder zu. Dann schließe ich schnell ab und lehne mich vorsichtshalber noch gegen die Tür. Mein Zimmer werde ich heute ganz sicher nicht mehr verlassen. Ich hatte genug von dem Kuchen, da brauche ich kein Abendbrot mehr, und hier drinnen ist es einfach sicherer als draußen bei meiner Schwester, der Karate-Meisterin.

»Ich kriege dich schon noch, darauf kannst du dich verlassen!«, brüllt Nora auf dem Flur.

Ich lasse mich aufs Bett fallen und höre meine Schwester draußen an der Türklinke rütteln und Mathilde wütend schnauben.

»Und wage es ja nie wieder mein Zimmer zu betreten«, schimpft Nora. »Und mein Passwort ändere ich auch, nur damit du es weißt!«

Was ja Blödsinn ist, denn wenn ich ihr Zimmer nicht mehr betreten darf, kann sie ihr Passwort auch so lassen, wie es ist.

»Bestimmt ändert sie es von ›Louis‹ in ›Supersüßer Louis‹«, sagt Dieter.

Da muss ich lachen. Das hören Nora und ihr Zebra draußen und das macht die beiden noch wütender. Mathilde schlägt mit ihren Hufen gegen die Tür und meine Schwester brüllt noch eine Weile auf dem Flur rum, dann verzieht sie sich in ihr Zimmer. Das weiß ich, weil ich durch die dünne Wand hören kann, wie sie wütend auf die Tasten ihres Computers hämmert.

»Das war lustig«, sagt Dieter, der sich zu meinen Füßen zusammengerollt hat.

»Ging so«, antworte ich. »Nora und ihr Zebra hätten beinahe Hackfleisch aus uns beiden gemacht.«

»Aber eben nur fast«, erwidert Dieter und kichert.

Über dieses »fast« muss ich lange nachdenken, denn fast hätte ja auch schon im Kletterpark meine letzte Stunde geschlagen.

»Was wäre eigentlich aus dir geworden, wenn die Plattform im Kletterpark einen halben Meter niedriger gewesen wäre und ich mir bei dem Sturz den Hals gebrochen hätte? Wenn ich tot wäre, wärst du dann auch tot?«

»Du kannst es ja mal ausprobieren«, schlägt Dieter vor und grinst.

»Ich meine das ernst!«, erwidere ich. »Wo warst du, bevor du bei mir warst?«

»Mal hier, mal da«, weicht Dieter aus.

»Aber wo kommst du her?«, beharre ich. Aber auch auf die Frage bekomme ich keine Antwort, weil Dieter zu meinen Füßen eingeschlafen ist. Oder zumindest so tut, als wäre er es.

Am nächsten Morgen warte ich, bis Nora aus dem Haus ist. Es ist Samstag, da brauche ich ja nicht zur Schule. Meine Schwester muss trotzdem früh aufstehen. Sie hat mit ihrem Verein einen Karate-Wettkampf, zu dem Papa sie fährt. Gestern Abend hat Papa auch noch mal an meine Tür geklopft, aber da habe ich es genauso gemacht wie Dieter. Ich habe getan, als würde ich schlafen. Ich hatte nämlich Angst, dass das gar nicht Papa ist, der da klopft, sondern Nora, die ihre Stimme verstellt, um sich endlich an mir rächen zu können.

Als ich in die Küche komme, ist es schon ziemlich spät. Irgendwas knapp vor zwölf. Auf dem Küchentisch liegt ein Zettel von Mama: »Guten Morgen, Zora, ich wollte dich nicht wecken. Ich bin in der Stadt einkaufen und komme erst spät am Nachmittag wieder. Ich wünsch dir einen schönen Tag und vergiss nicht, das Bad aufzuräumen! Das hast du gestern vergessen. Kuss, Mama.«

»Super, wir haben sturmfreie Bude«, ruft Dieter und steuert sofort den Kühlschrank an. »Aufmachen, aber ein bisschen dalli.«

»Hier steht doch schon alles«, sage ich und zeige auf den gedeckten Frühstückstisch.

»Aber vielleicht ist noch was von dem Kuchen übrig. Den könnten wir uns gerecht teilen: ein klitzekleines Stück für dich und ein riesengroßes Stück für mich«, schlägt Dieter vor und grinst.

Ich öffne den Kühlschrank, weil ich ein Stück Kuchen zum Frühstück auch nicht schlecht finde, aber es ist nichts mehr da. Die Reste müssen gestern Abend Nora und meine Eltern gegessen haben.

»So eine bodenlose Gemeinheit«, knurrt Dieter und schnappt sich ein Mohnbrötchen, belegt es mit Salami und Käsescheiben und streicht zum Schluss noch eine dicke Schicht Honig darüber. Dann verschlingt er alles auf einmal mit einem einzigen Happs.

»Das ist eklig«, stöhne ich.

»Quatsch mit Soße, Salami mit Käse und Honig ist superlecker!«, erwidert Dieter und schnappt sich gleich das nächste Brötchen.

Ich muss mich ranhalten, damit ich wenigstens noch ein Brötchen abbekomme.

Als der Brotkorb leer ist, langt Dieter mit seiner Pfote in das Marmeladenglas, und als er auch das ausgelöffelt hat, lässt er sich die Butter schmecken. Einfach so, pur, und ohne was dazu.

»Du isst viel zu wenig«, sagt Dieter, als er die Butterdose ausleckt.

»Nur, weil du so wenig übrig lässt«, erwidere ich. »Bist du jetzt fertig?«

»Ist ja leider nichts mehr da«, antwortet Dieter, dann rülpst er laut.

Ich kann mir nicht vorstellen, dass Mathilde oder Lasse jemals rülpsen würden. Und Jessicas Einhorn macht das bestimmt auch nicht.

Da fällt mir plötzlich ein, dass ich mich für Jessicas Party noch verkleiden muss. Ich kann da ja schlecht im Schlafanzug hingehen.

Ich räume schnell den Tisch ab, wobei mir Dieter natürlich nicht hilft, und laufe zurück in mein Zimmer. Dort probiere ich ein paar von meinen alten Karnevalskostümen (Schlumpfine, Sonnenblume und Marienkäfer), aber Dieter verzieht jedes Mal das Gesicht, als hätte ich einen löchrigen Kartoffelsack an.

»Hast du nichts Schickeres?«, fragt Dieter. »Du gehst zu einer coolen Party, nicht auf den Kinderspielplatz.«

»Ich nicht, aber Nora«, antworte ich.

Meine Schwester hat tatsächlich viel schickere Kostüme als ich, weil sie die zu Karneval schon alleine einkaufen darf. Meine Verkleidungen bringt mir immer noch meine Mutter aus der Stadt mit.

»Dann leih dir doch was von ihr«, schlägt Dieter vor.

»Aber sie hat mir doch verboten, ihr Zimmer zu betreten«, antworte ich.

»Papperlapapp«, erwidert Dieter. »Die merkt das doch gar nicht! Wenn du nach Hause kommst, hängst du das Kostüm einfach wieder in ihren Schrank und alles ist gut.«

Dieter hat recht. Was soll schon groß passieren? Ich leihe es mir ja nur aus und wahrscheinlich wird sie es wirklich nicht merken.

Ich gehe mit Dieter in Noras Zimmer, an dessen Tür ein neues Schild hängt, auf dem »Betreten für Zora strengstens verboten« steht. Aber weil die Tür nicht abgeschlossen ist, zählt das nicht so richtig, finde ich, und Dieter findet das auch.

Ich gehe an Noras Schrank und suche mir ihre schicksten Kostüme raus. Dieter kommentiert meine Anproben, als würde ich an »Germany's Next Topmodel« teilnehmen und er säße in der Jury. Am Ende entscheide ich mich für ein wunderhübsches pinkes Elfenkleid mit einem Schleier und einem glitzernden Feenstab. Dagegen hat sogar Dieter nichts einzuwenden. Im Gegenteil.

»Das steht dir ganz hervorragend«, sagt das Stinktier. »Und wenn du noch ein tolles Parfum dazu brauchst, kann ich dich gerne beraten. Mit tollen Düften kenne ich mich bestens aus.«

»Danke, nicht nötig«, lehne ich ab, weil ich mir schon vorstellen kann, was Dieter unter tollen Düften versteht.

Dann bleibt für mich nichts anderes mehr zu tun, als endlich das Bad aufzuräumen und darauf zu warten, dass es vier ist.

16. Meine erste richtige Party

Als ich um Punkt vier am vereinbarten Treffpunkt ankomme, sind Kati und Leon schon da. Kati hat sich als Indianerin verkleidet und Leon geht als Astronaut. Sogar seine Ratte hat ein Kostüm an. Jasper trägt einen wilden Piratenhut und eine Augenklappe über dem rechten Auge. Außerdem hält er einen Zahnstocher in der Hand, mit dem er in der Luft herumfuchtelt, als wäre es ein Schwert. Die drei haben sich richtig rausgeputzt, genau wie ich. Es ist ja schließlich die erste richtige Party, zu der wir gehen, und dazu noch eine, zu der wir gar nicht eingeladen sind. Deswegen sind wir alle auch ein bisschen aufgeregt, vor allem Jasper, der die ganze Zeit ruft: »Das wird super, wenn wir die Party entern! Das wird hypermegadupersuper!«

»Du nervst«, raunzt Dieter ihn an. »Bei einer Party muss man cool bleiben, da zappelt man nicht rum wie eine Kanalratte, die auf ein Elektrokabel gepinkelt hat.«

Kati kriegt davon zum Glück nichts mit, die hält Ausschau nach Anna, damit wir endlich loskönnen.

Zehn Minuten später ist Anna dann auch endlich da.

Sie nickt uns zur Begrüßung zu, ohne sich mit einem Wort für ihre Verspätung zu entschuldigen. Anna hat sich als Zorro verkleidet und trägt eine Augenmaske und einen schwarzen Umhang, unter dem ihr schlafendes Faultier vor sich hindöst.

»Wie kommen wir denn rein? Ohne Einladung«, frage ich, als wir uns auf den Weg zu Jessica machen.

»Wir fragen einfach, ob wir nicht trotzdem mitfeiern dürfen?«, schlägt Kati vor.

Zum Glück kann sie nicht hören, dass sich Dieter und Jasper über ihren Vorschlag kaputtlachen.

»Wir geben uns als verkleidete Pizzaboten aus und sagen, dass wir das Essen für die Party bringen«, schlägt Leon vor.

»Oder wir warten, bis eine ganze Gruppe von Gästen kommt und schließen uns denen einfach an«, sage ich. »Dann tun wir so, als würden wir dazugehören.«

Leons Piratenratte und Dieter lachen wieder, weil sie anscheinend weder meinen Vorschlag noch den von Leon oder Kati für besonders Erfolg versprechend halten.

»Mauer«, mischt sich Anna gewohnt wortkarg ein.

»Mauer?«, wiederhole ich und schaue sie fragend an. »Geht das auch ein bisschen genauer?«

»Klettern«, präzisiert Anna. Mehr braucht sie gar nicht zu sagen. Das übernimmt Kati für sie.

»Das ist eine super Idee! Da ist eine Mauer um den Garten von Jessicas Haus. Die ist aber nicht besonders hoch, da können wir locker drüberklettern, und dann sind wir schon mittendrin in ihrer Kostümparty.«

Diesmal lachen Dieter und Jasper nicht. Anscheinend halten sie Annas Plan für vernünftig.

»Aber wie sollen wir denn da rüberkommen?«, frage ich, weil ich die Idee im Gegensatz zu unseren Begleitern überhaupt nicht für vernünftig halte. »Und was, wenn da im Garten bissige Wachhunde sind?«

»Keine Sorge, ich bin ja auch noch da«, versucht Dieter mich zu beruhigen und reckt demonstrativ seinen Schwanz in die Höhe.

»Das schaffen wir locker, wenn wir uns gegenseitig helfen«, sagt Leon. »Also wer ist dafür, über die Mauer zu klettern, um auf Jessicas Party zu kommen?«

Anna, Kati, Leon, Dieter und Jasper heben die Hand und damit ist die Sache entschieden. Sie haben mich überstimmt mit fünf zu eins bei einer Enthaltung, weil Paula die Abstimmung an Annas Arm mal wieder verpennt hat.

»Die ist ja wirklich nicht so wahnsinnig hoch«, sage ich, als wir vor der Mauer zu Jessicas Garten stehen.

»Sag ich doch«, sagt Kati.

»Aber was, wenn die doch Wachhunde haben? Oder Minen? Oder eine Selbstschussanlage?«, frage ich.

»Hört sich das etwa nach Wachhunden an? Oder nach Schüssen?«, fragt Leon zurück.

Von der anderen Seite der Mauer ist laute Musik zu hören und das Gelächter von Kindern, sehr vielen Kindern.

Ich sage nichts mehr, weil ich einsehen muss, wie blödsinnig mein Einwand war. Ich habe das ja auch nur gesagt, weil mir ein bisschen mulmig ist. Was, wenn Jessica uns sofort wieder rausschmeißt? Oder die Polizei ruft?

Bevor ich das mit der Polizei sagen kann, ist Anna schon auf die Mauer geklettert. Obwohl Paula an ihrem Arm hängt, ging das ganz schnell. Anna reicht Kati die Hand und zieht sie zu sich hoch. Dann sind Leon und Jasper an der Reihe.

»Los, heb mich da rauf! Mach schon«, drängt Dieter, weil die verputzte Mauer zu glatt für ihn ist, um da alleine raufzuklettern.

Kati guckt zum Glück gerade in Richtung Garten und sieht deswegen nicht, wie Leon mir Dieter abnimmt und auf dem Mauersims absetzt. Dann greife ich nach Annas Hand und ziehe mich mit ihrer Hilfe ebenfalls hoch zu den anderen. Das mit dem Hochklettern ist pipileicht, weil wir gestern im Kletterpark ja alle schon geübt haben, wie wir uns gegenseitig helfen. Und genau wie dort überkommt uns auch hier auf der Mauer wieder so eine tolle Stimmung, so ein richtiges Mannschaftsgefühl, weil wir zusammen etwas erreicht haben, was wir alleine vielleicht nicht geschafft hätten. So als ob wir gemeinsam gerade den Mount Everest bezwungen hätten.

Durch ein paar hohe Bäume sind wir auf der Mauer so gut geschützt, dass man uns von der Terrasse aus nicht sehen kann, wir aber alles genau beobachten können.

»Wow!«, macht Leon und dasselbe wollte ich auch gerade sagen.

Mitten in dem Garten ist ein riesiger Swimmingpool! Drumherum stehen überall Kinder. Der ganze Garten ist voller Kinder. Jessica hat offensichtlich die ganze Schule eingeladen, und das macht es noch viel schlimmer, dass ausgerechnet wir vier keine Einladung bekommen haben.

Auf der Terrasse steht ein riesiger Tisch mit Kuchen, Pommes, Würstchen, Ketchup und Chipstüten. Daneben stapeln sich Getränkekisten, in denen extragroße Colaflaschen stecken.

»Da müssen wir hin!«, brüllt Dieter.

»Genau, nix wie hin da«, fiepst Jasper und hüpft von der Mauer in den Garten hinunter.

Dieter springt hinterher, obwohl Springen das falsche Wort ist. Er lässt sich einfach fallen. Dann flitzen die zwei so schnell Richtung Buffet, dass sie Leon und mich fast von der Mauer reißen. Um nicht runterzufallen, springen wir schnell hinterher und Anna und Kati auch. Dabei bleibt mein Feenkleid an einem alten Nagel hängen, und ich kann hören, wie der Stoff an meinem Rücken reißt.

Nora wird super sauer auf mich sein, aber das ist sie ja sowieso schon.

»Die haben ja alle gar keine Kostüme an«, sage ich, als wir zu den anderen Kindern kommen. Und das stimmt. Wir sind die einzigen Gäste, die verkleidet sind. Das war mir oben auf der Mauer gar nicht aufgefallen.

»Du hast gesagt, das wäre eine Kostümparty!«, flüstert Kati.

»Das habe nicht ich gesagt, das hat …« Ich kann mich gerade noch stoppen, sonst hätte ich Jasper verraten.

Alle Kinder starren uns an, und das würde ich auch, wenn plötzlich Zorro, eine Elfe, ein Astronaut und eine Indianerin auf einer stinknormalen Feier auftauchen würden.

Das Ganze ist mir unglaublich peinlich, genauso wie den anderen. Das kann ich sehen, weil wir alle knallrot werden. Sogar Anna unter ihrer Zorro-Maske.

Die Einzigen, die mit der Situation keine Probleme haben, sind Dieter und Jasper. Aber das ist ja auch klar, die sieht ja keiner.

»Sorry, Leute! Hab ich mich eben geirrt!«, ruft Leons Ratte und fuchtelt dabei wieder mit seinem Zahnstocher in der Luft herum. »Aber ist doch cool! Ich wollte immer schon mal Pirat sein. Aua!«

Leon hat seine Ratte unauffällig in die Seite gekniffen,

weil sie uns alle reingelegt hat, nur um den Piratenhut und die Augenklappe tragen zu können.

Dieter sagt gar nichts, der liegt auf dem Rücken und lacht sich schlapp, weil wir in unseren Kostümen wahrscheinlich wirklich ziemlich komisch aussehen zwischen all den anderen Kindern in ihren normalen Klamotten.

»Und? Was machen wir jetzt?«, fragt Kati.

»Nichts«, antwortet Anna.

»Nichts?«, fragt Kati. »Aber wir können doch nicht …«

»Anna hat recht«, flüstert Leon. »Wir tun einfach so, als wäre es das Normalste von der Welt, auf dieser Party verkleidet aufzutauchen. Dann fühlen sich die anderen blöd, weil sie keine Kostüme haben, und nicht wir.«

Ich glaube das zwar nicht, nicke aber trotzdem. Wir haben sowieso keine andere Wahl. Außer sofort umzudrehen und über die Mauer wieder zu verschwinden. Aber das sähe bestimmt auch ziemlich uncool aus.

Mit hoch erhobenen Köpfen mischen wir uns unter die anderen Kinder und tun einfach so, als würden wir ihr Getuschel und Gekicher gar nicht hören. Dieter hat sich längst abgesetzt. Er sitzt mit Jasper unter dem Tisch auf der Terrasse und schlägt sich gemeinsam mit der Piratenratte den Bauch mit den Würstchen, Pommes und Chips voll, die auf den Boden gefallen sind.

Kati, Anna, Leon und ich stehen in unseren Kostümen zwischen den anderen Kindern am Pool und ehrlich gesagt ist das ... todlangweilig.

»Kannst du mit deinem Feenstab nicht mal ein bisschen Stimmung hier reinzaubern?«, flüstert Kati mir zu.

»Au ja«, murmelt auch Anna und Leon ergänzt: »Bei deiner Geburtstagsparty im Kletterpark hatten wir jedenfalls mehr Spaß.«

Jessicas Gäste stehen einfach nur rum und versuchen dabei möglichst cool auszusehen. Tanzen tut trotz der lauten Musik niemand, weil keiner wagt, den Anfang zu machen. Und ins Wasser springt auch keiner. Als ich aus meiner Feen-Sandale schlüpfe und meinen Zeh in den Pool tauche, weiß ich auch warum: Das Wasser ist eiskalt!

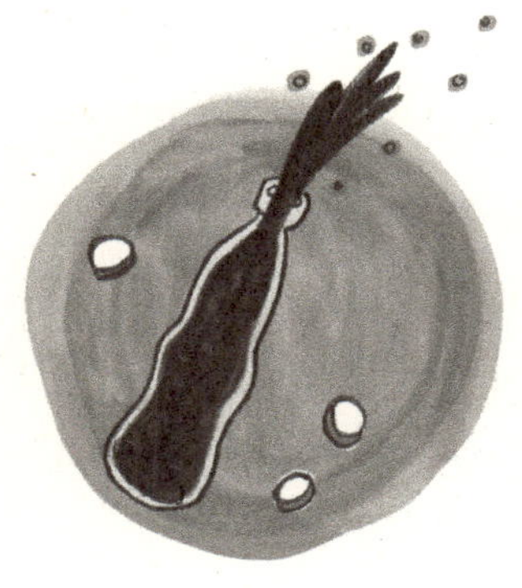

17. Großes Stinktierehrenwort

»Wieso spielen die denn nichts?«, will Kati wissen. »Die stehen ja alle nur blöd rum.«

»Weil die cool sein wollen«, erklärt Leon. »Spielen ist nicht cool.«

Anna rollt mit den Augen, weil sie das genauso doof findet wie wir anderen, und ich sage: »Ich wette, die würden bestimmt gerne alle etwas spielen, die trauen sich nur nicht.«

Wie langweilig das mit dem Coolsein ist, habe ich schon bei meiner Schwester beobachtet. Die hat nach ihrem zehnten Geburtstag auch nur noch dann mit Barbies gespielt, wenn keine ihrer Freundinnen dabei war.

Dieter und Jasper hocken immer noch unter dem Tisch mit dem Kuchen und schnappen sich alles, was da runterfällt, während Paula faul unter Annas Zorro-Umhang vor sich hindöst. Ich schaue mich um, ob hier noch andere Kinder mit Begleitern sind, kann aber keine entdecken. Einmal flattert eine Amsel direkt über dem Kopf eines Mädchens herum. Aber dann fliegt sie davon, und als sie mehr als fünf Meter weg ist, weiß ich, dass es doch nur ein ganz normaler Vogel war.

»Ich habe Durst«, sagt Kati und zeigt auf die Cola-Flaschen. »Wenn wir uns hier schon schrecklich langweilen, können wir wenigstens was trinken.«

»Sehr gute Idee«, sage ich.

Anna und Leon finden das auch und so drängeln wir uns in unseren Kostümen zu den Kästen durch. Als wir die Flaschen erreicht haben, trinken wir jeder ein Glas Cola und dann noch eines und noch eines und noch eines, damit sich unser Besuch auch lohnt, wenn die Stimmung schon so mies ist.

»Wisst ihr, was das ist?« Leon hat eine Brausetablette aus seiner Hosentasche gezogen und hält sie in die Höhe.

»Eine Vitamintablette?«, fragt Kati.

»Oder eine mit Mineralien?«, frage ich, weil Mama auch manchmal solche Tabletten nimmt, wenn sie sich schlapp fühlt, obwohl Papa behauptet, die sind nur teuer und bringen überhaupt nichts.

»Beides in einem«, sagt Leon. »Meine Mama besteht darauf, dass ich die regelmäßig schlucke, weil ich doch so oft krank bin.«

Das stimmt, Leon fehlt wirklich oft in der Schule, aber genau wie Papa glaube ich nicht, dass diese Brausetabletten irgendwas nützen. Leon denkt das auch nicht.

»Ich nehme die aber nie. Wäre auch schade drum, weil man da ganz tolle andere Sachen mit machen kann.«

»Welche denn?«, frage ich neugierig.

»Cola-Springbrunnen zum Beispiel«, sagt Leon.

»Verstehe ich nicht«, erwidert Kati.

»Wenn man zwei davon in eine Flasche Cola steckt und kräftig schüttelt, geht die Flasche hoch wie ein Vulkan«, erklärt Leon.

»Hast du noch mehr davon?«, frage ich.

»Klar! Sogar eine ganze Tasche voll. Warum?«, will Leon wissen.

»Das könnte ein bisschen Stimmung in die öde Party hier bringen«, sage ich.

Jetzt muss Leon grinsen und Kati auch. Wir grinsen alle.

Leon kramt aus seiner Tasche noch sieben weitere Tabletten hervor und drückt jedem von uns zwei davon in die Hand. Dann verteilt Anna die vollen Cola-Flaschen, damit wir da unsere Brausetabletten reinstopfen können.

»Und los!« Auf mein Kommando schütteln wir alle unsere Flaschen, so als hätten wir gerade ein Formel-1-Rennen gewonnen. Die Cola fängt an zu sprudeln, und ich kann sogar durch das Plastik fühlen, wie es im Inneren blubbert und brodelt.

»Und jetzt los!«, ruft Leon und da schrauben wir die Flaschen auf.

Die Cola schießt ins Freie wie ein Flaschengeist, der seit hundert Jahren dort eingesperrt war. Die Fontäne schießt in einem weiten Bogen so hoch in die Luft, dass sie fast bis zum Dach von Jessicas Haus reicht.

Obwohl Noras Elfenkostüm sowieso schon einen langen Riss hat, halte ich die Flasche weit von mir weg, damit ich nichts von der Zuckerbrause abkriege. Nicht so wie die anderen Partygäste. Vor allem die Mädchen fangen sofort an zu kreischen, weil ihre schicken Sachen dunkle Colaflecken abbekommen.

Das Geschrei lockt auch Jessica und Lili in den Garten. Wahrscheinlich haben die beiden die ganze Zeit im Wohnzimmer gehockt und sich dort für ihre tolle, langweilige Party beglückwünschen lassen. Die beiden tragen Sachen, die ziemlich teuer aussehen, für meinen Geschmack aber ziemlich hässlich sind. Das sind so Kleider mit ganz viel Tüll, Spitze und Schleifen überall. Das Einhorn und der Fuchs sind natürlich auch dabei und ich kann es mir nicht verkneifen, die letzten Reste Cola aus meiner Fla-

sche genau in ihre Richtung spritzen zu lassen. Kati, Leon und Anna machen es genauso, und so kriegen Jessica und Lili auch noch eine klebrig-süße Dusche ab, bevor unsere Flaschen endgültig leer sind. Das ist nicht besonders nett, aber furchtbar lustig, und verdient haben sie es auch, weil sie immer so eingebildet und gemein zu uns sind.

»Oh, tut mir leid! Ich habe euch gar nicht gesehen!«, rufe ich den beiden zu, aber das glauben sie mir natürlich nicht. Wütend kommen sie mit ihrem Einhorn und ihrem Fuchs auf uns zugerannt und fangen auch gleich an zu brüllen, was uns einfällt, sie mit Cola zu bespritzen. Der Fuchs bleckt dazu drohend seine Zähne und das spitze Horn des Einhorns ist nur noch ganz wenige Zentimeter von meiner Brust entfernt.

»Was habt ihr überhaupt auf meiner Party zu suchen? Ihr und eure doofen Tiere! Und was sollen diese albernen Kostüme? Und wie seid ihr ohne Einladung überhaupt hier reingekommen?«, brüllt Jessica, und da gucken die anderen Gäste verwundert, weil sie ja gar keine Tiere sehen können, weder die hübschen noch die doofen.

»Wir dachten, so ein Cola-Springbrunnen bringt vielleicht ein bisschen Stimmung«, sage ich und Leon ergänzt: »Weil es doch so langweilig war.«

»Stinklangweilig«, verbessert Anna.

»Meine Party ist nicht langweilig! Die ist cool!«, schreit Jessica, obwohl ich nicht glaube, dass sie das selber glaubt.

»Hier werden aber gar keine Spiele gespielt«, sagt Kati.

»Auf coolen Partys spielt man keine Spiele«, faucht Lili sie an. »Das ist ja schließlich kein Kindergeburtstag.«

»Warum eigentlich nicht?«, meldet sich ein Mädchen aus der Menge, die uns neugierig umringt. Dann stimmen andere Kinder mit ein und rufen: »Wir wollen lieber was spielen! Das ist voll fad hier.«

Jessica funkelt mich an, weil sie denkt, ich hätte ihr die Party verdorben. Und das stimmt ja auch irgendwie.

Mittlerweile haben sich Jasper und Dieter wieder zu uns gesellt. Es ist ja auch niemand mehr am Buffet und deswegen fallen da keine Krümel mehr für sie runter. Jessicas Gäste stehen jetzt alle um uns rum, weil sie nicht verpassen wollen, was als Nächstes passiert.

Jasper klettert an Leons Bein hoch und hockt sich auf seine Schulter. Dieter stellt sich neben mich, aber mit dem Po zu dem Einhorn, um mich falls nötig mit einer Stinkbombe zu beschützen. Das finde ich nett und das ist auch dringend nötig.

Jessica und Lili stürzen sich nämlich genau in diesem Augenblick mit ihrem Einhorn und ihrem Fuchs auf mich, weil sie zwei fette Colaflecken auf ihren schicken Kleidern

bemerkt haben. Zum Glück kommen mir Leon, Kati, Dieter und Jasper zu Hilfe. Es ist ein riesiges Gerangel, an dem sich sogar Paula beteiligt. Das Faultier ist von Annas Arm auf das Horn von Jessicas Einhorn gesprungen, an dem es sich jetzt festklammert. Deswegen kann uns das Einhorn mit seinem Horn gar nichts tun. Jasper hat sich an den Ohren des Fuchses festgekrallt, der sich mit fletschenden Zähnen im Kreis dreht, um die Ratte abzuschütteln.

Es ist dann aber Anna, die den Kampf am Ende entscheidet. Weil sie ihre Arme frei hat, packt sie sich Jessica und hebt sie mühelos in die Luft. Ich hatte keine Ahnung, wie stark Anna ist. Aber eigentlich ist das ja auch keine Überraschung, wo sie doch immer Paula mit sich herumschleppt. Anna holt Schwung und schmeißt Jessica in den Pool. Einfach so. Danach ist Lili dran und dann wirft sie auch noch den Fuchs und das Einhorn hinterher. Jasper kann gerade noch abspringen, und auch Paula wechselt schnell wieder auf Annas Oberarm, bevor das Einhorn im Wasser landet.

Jessica und Lili hocken pitschnass im kalten Wasser und toben vor Wut.

»Das werdet ihr büßen!«, kreischt Jessica und Lili brüllt: »Ihr und eure doofen Tiere!«

»Lasst uns gehen«, schlägt Leon vor. »Ich glaube, die Party ist vorbei.«

»Gute Idee, die war sowieso nicht so toll«, sage ich.

Anna nickt nur und Kati guckt mich schon die ganze Zeit fragend an.

Die anderen Gäste wollen uns aber nicht so einfach gehen lassen. Die bilden immer noch einen Kreis und lassen uns erst durch, als Dieter uns den Weg freistinkt. Der Geruch ist so übel, dass die meisten jetzt sogar freiwillig in den eiskalten Pool zu Jessica und Lili springen.

Anna, Leon, Kati und ich verlassen den Garten nicht über die Mauer, sondern marschieren einfach durch das Wohnzimmer und den Flur zur Haustür hinaus.

»Am Ende war es eigentlich doch noch eine coole Party«, sage ich, als wir in unseren Kostümen auf der Straße stehen.

Die anderen finden das auch, nur Kati ist ganz still geworden.

»Würde mir bitte jemand erklären, was hier los ist? Hier stimmt doch irgendwas nicht. Wer sind diese doofen Tiere, von denen Jessica und Lili die ganze Zeit geredet haben?«, fragt sie.

»Ich weiß gar nicht, wovon du redest«, sagt Leon, und Anna zuckt nur die Schultern, so als könnte sie sich das auch nicht erklären.

»Doofe Tiere?! Hier gibt es keine doofen Tiere, es sei denn, sie meint das Einhorn und den Fuchs«, mischt sich Dieter ein, während Jasper auf Leons Schulter herumspringt und brüllt: »Genau, saudoof sind die. Aber wir doch nicht!«

Ich schaue Kati lange an. Ich bringe es einfach nicht über mich, meine beste Freundin weiter zu belügen.

»Also das ist so …«, beginne ich.

Leon, Anna, Dieter und Jasper sehen mich mit entsetzten Blicken an, so, als erwarteten sie, dass gleich die Welt untergeht, nur weil ich Kati unser Geheimnis verrate.

Tut sie aber nicht. Die Erde dreht sich genauso weiter wie vorher, nachdem ich Kati alles von unseren unsichtbaren Begleitern und unserem Club erzählt habe.

Allerdings starrt mich Kati jetzt an, als wäre ich verrückt geworden. Sie glaubt mir kein Wort und vor ein paar Tagen wäre es mir bestimmt genauso ergangen wie ihr.

»Die Pfeife!«, raunt Dieter mir zu.

»Was für eine Pfeife?«, frage ich, weil ich nicht sofort verstehe, was er meint.

»Benutze doch einfach Omas Pfeife, dann wird sie dir glauben«, erklärt Dieter.

Die hatte ich ganz vergessen! Ich hole Omas Pfeife aus der Tasche und puste hinein, dann gebe ich sie an Leon weiter. Der macht es genauso, und als auch Anna gepfiffen hat, kann Kati für einen kurzen Moment nicht nur den silbernen Ton der Pfeife hören, sondern auch alle unsere Tiere sehen.

Sie wird ganz blass, fast so blass wie Leon immer.

»Und Jessica und Lili, haben die auch Tiere?«, fragt Kati mit leiser Stimme.

»Ja, ein Einhorn und einen Fuchs«, antworte ich ihr. »Und Herr Schwarm hat einen Wolf, unser Hausmeister einen Pfau, meine Schwester ein Zebra, meine Oma eine Giraffe und mein Papa einen Eisbär.«

»Die haben alle Glück gehabt, nur wir hatten Pech«, bemerkt Leon und erntet dafür einen bösen Blick von Dieter. Jasper, der immer noch auf Leons Schulter hockt, zieht ihn dafür sogar an den Haaren.

»So doof sind eure Tiere gar nicht. Ich finde die eigentlich ganz klasse«, sagt Kati und das finden Dieter und Jasper natürlich super. »Meint ihr, ich kann mitmachen?«

»Wobei?«, frage ich.

»Na, bei eurem Club«, erwidert Kati. »Auch wenn ich kein Tier habe.«

Ich schaue Leon und Anna an und nicke dabei unmerklich, weil ich das toll fände, wenn Kati dabei wäre. Anna und Leon nicken auch und damit ist das beschlossen: Kati gehört ab jetzt dazu, auch wenn sie keinen tierischen Begleiter hat.

Ich bin furchtbar stolz auf mich, weil ich ihr die Wahrheit gesagt habe. Damit bin ich schon viel weiter als Papa, der sich bis heute nicht getraut hat, Mama von Lasse zu erzählen. Das denke ich alles so, nachdem wir uns verabschiedet haben und ich mit Dieter nach Hause laufe. Dabei sind wir beide richtig gut gelaunt.

Upps, jetzt ist es passiert!

Ich habe das erste Mal »wir« gedacht und damit Dieter und mich gemeint. Ich nehme ihn hoch und drücke ihn ganz doll an mich. Vielleicht habe ich es mit ihm ja nicht so schlecht getroffen, wie ich anfangs dachte. Manchmal sind Sachen, die man zuerst blöd findet, am Ende doch nicht so schlecht. Genau wie Herr Schwarm gestern gesagt hat.

»Hör sofort auf mich so grässlich zu knuddeln«, brummt Dieter, aber ich kann an seinem wohligen Schnurren hören, dass er das gar nicht so meint. Trotzdem setze ich ihn wieder auf dem Boden ab, bevor er noch anfängt hier rumzustänkern.

»Ich finde das ja gut«, sagt Dieter.

»Das Knuddeln?«, frage ich.

»NEIN! Dass du Kati alles erzählt hast.«

»Das sagst du doch nur, weil Kati gemeint hat, dass sie dich klasse findet.«

»Bin ich ja auch.«

»Manchmal«, antworte ich und muss lachen.

»Warum lachst du?«, will Dieter wissen.

»Weil ich daran denken musste, wie die Cola-Flaschen hochgegangen sind. Das war spitze.«

»Und wie alle geglotzt haben, wegen eurer Verkleidung.«

»Und wie die sich die Nasen zugehalten haben, als du deine Stinkbombe gezündet hast.«

»Und wie Jessica mit ihrem doofen Einhorn im Wasser gelandet ist.«

»Und wie dann alle hinterhergesprungen sind.«

Dieter und ich können uns kaum noch halten vor Lachen. Klar, am Montag werden sich Jessica und Lili an uns rächen. Das steht fest. Und zu Hause wartet auch noch Ärger auf mich, wenn Nora merkt, dass ihr Feenkostüm einen Riss auf dem Rücken hat. Und schlafen kann ich heute Abend wegen der vielen Cola, die ich getrunken habe, bestimmt auch nicht.

Trotzdem bin ich gar nicht mies gelaunt oder so.

Ganz im Gegenteil!

Ich bin richtig gut gelaunt.

»Wir werden bestimmt noch eine Menge Spaß zusammen haben.« Ich beuge mich zu meinem Stinktier herunter und streiche ihm sanft über sein flauschiges Fell.

»Und ob wir den haben werden, Frolleinchen! Großes Stinktierehrenwort!«, verspricht Dieter und das, das glaube ich ihm aufs Wort.

Rüdiger Bertram wurde 1967 in Ratingen geboren und arbeitete nach seinem Studium zunächst als freier Journalist. Heute schreibt er Drehbücher und hat zahlreiche erfolgreiche Bücher für Kinder veröffentlicht. Mit seiner Frau, seinen beiden Kindern und einem unsichtbaren weißen Kaninchen lebt er in Köln.

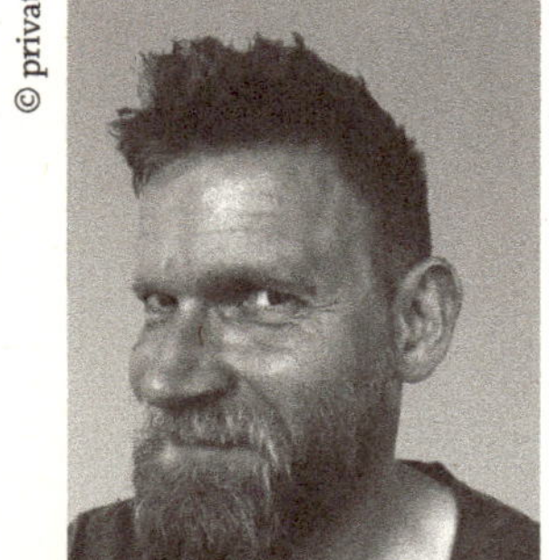

Thorsten Saleina war als Grafiker und Illustrator für verschiedenen Werbe- und Designagenturen tätig, bevor er sich endgültig für die Illustration entschied. An seinem 10. Geburtstag hätte er sich über eine Norwegische Waldkatze als Begleitung gefreut, wäre mit einem Stinktier aber auch nicht unglücklich geworden.

Sven Gerhardt

Mister Marple und die Schnüfflerbande

Wo steckt Dackel Bruno?
Band 1, 160 Seiten,
ISBN 978-3-570-17643-6

Die Erdmännchen sind los
Band 2, 160 Seiten,
978-3-570-17737-2

Auf frischer Tat ertapst
Band 3, 160 Seiten
978-3-570-17785-3

Ein Hamster gibt alles!
Band 4, 160 Seiten
978-3-570-17818-8

Die Schnüfflerbande, das sind Theo, Elsa und Hamster Mister Marple. Ihre Spezialität sind »tierische Angelegenheiten« aller Art, was nicht zuletzt Mister Marple zu verdanken ist, der für diese Fälle ein besonders feines Spürnäschen hat. Auch wenn Theo und Elsa total unterschiedlich sind, halten sie immer fest zusammen und können so fast jeden Fall lösen.